신채호 전기소설

이순신전

단재 신채호 전기소설

이순신전

초판 1쇄 인쇄	2014년 08월 14일		
초판 1쇄 발행	2014년 08월 22일		
지은이	신 채 호		
엮은이	편 집 부		
펴낸이	손 형 국		
편집인	선 일 영	편 집	이소현 이윤채 김아름 이탄석
디자인	이현수 신혜림 김루리	제 작	박기성 황동현 구성우
마케팅	김회란 이희정		
펴낸곳	에세이퍼블리싱		
출판등록	2004. 12. 1(제2011-77호)		
주소	153-786 서울시 금천구 가산디지털 1로 168, 우림라이온스밸리 B동 B113, 114호		
홈페이지	www.book.co.kr		
전화번호	(02)2026-5777	팩스	(02)2026-5747

ISBN   979-11-85742-23-6 04810   978-89-6023-773-5 04810(SET)

에세이퍼블리싱은 ㈜북랩의 문학 전문 브랜드입니다.

이 도서의 국립중앙도서관 출판예정도서목록(CIP)은 서지정보유통지원시스템 홈페이지(http://seoji.nl.go.kr)
와 국가자료공동목록시스템(http://www.nl.go.kr/kolisnet)에서 이용하실 수 있습니다.
(CIP제어번호: 2014023666)

단재 신채호 전기소설

이순신전

편집부 엮음

일제강점기 한국현대문학 시리즈

022

ESSAY

들어가는 글

　나라 잃은 이의 원통함이란 이루 말할 수 있으랴. 신채호는 성균관 박사가 되었으나 그 해 을사조약이 체결되자 곧 관직을 포기, 황성신문에서 장지연을 도와 시일야방성대곡을 발표한다. 이후에도 신민회에 가입하고 국채보상운동에 참가하는 등 조국 독립을 위한 왕성한 활동을 벌이는 동시, 만민을 단결하고 민족혼을 자극하는 영웅전기, 역사서들을 여럿 내놓았고 '이순신전' 또한 그의 당시 저작 중 하나이다. 이순신이 지금 여기에 있었다면, 그가 임진년처럼 혜성처럼 나타나 그때와 같이 왜적들을 소탕해줄 수 있다면, 신채호의 '이순신전'을 읽다 보면 이순신의 재림을 바라는 그의 간절한 소망을 느낄 수 있다. 이순신의 전기도 전기지만 나라를 잃을 설움에서 벗어나고자 하루하루를 분투하며 보낸 한 독립운동가의 '영웅에 대한 간절한 부름'이 담겨있다는 점에서 신채호의 '이순신전'은 오늘날 독자들에게 많은 고민을 던져주는 책이라 하겠다.

2014년 여름

편집부

차 례

제1장 서론

오호라! 섬 중 나라에 다른 종자들이 대대로 한국에 혈심의 적국이 되어 상망지지相望之地[1]에 있어서 독살스럽게 주목하여 보매, 이런 오랜 원수를 반드시 갚기로 뼈에 맺힌 원한이 깊고 깊어, 한국 4천여 년 역사상에 외국이 와서 침노한 자를 헤아려 볼진대, 왜구라는 두 글자가 거의 십중 팔, 구나 되어, 변경에서 봉화烽火가 들어오며, 해상에서 풍진이 일어나서 백 년 동안에도 편안히 누웠던 시절이 드물었는데, 오면 놀라서 달아나고, 가면 좋아서 기뻐하여 분발한 주먹과 용감한 완력으로 멱살을 잡고 싸움한 자는 없고, 한때에 고식지계姑息之計[2]로만 상책을 삼으매, 연해 각 지방에 피비린 냄새가 끊이지 아니하였으니, 단군 자손에 끼친 수치가 극심하였도다.

이제 이왕 일본과 대적한 이 중에, 족히 우리나라 민족의 명예를 대

---

1) 상망지지(相望之地): 서로 바라볼 수 있을 만큼 가까운 곳.
2) 고식지계(姑息之計): 우선 당장 편한 것만을 택하는 꾀나 방법.

표할 만한 거룩한 인물을 구하건대, 고대에는 두 사람이니, 첫째는 고구려 광개토대왕廣開土大王이요, 둘째는 신라 태종왕太宗王[3]이요, 근대에는 세 사람이니, 첫째는 김방경金方慶[4]이요, 둘째는 정지鄭地[5]요, 셋째는 이순신李舜臣이니 모두 다섯 사람이라.

그러나 그 시대가 가깝고 그 유적이 소상하여, 후인의 모범되기가 가장 좋은 이는 오직 이순신이라. 저술자의 용렬한 필력으로는 이공의 정신을 만분의 일이나 설명한다 하기 어려우나 한 많은 묵은 소설책에 비하면 나은 것이 있을지니, 슬프다, 독서하는 제군이여! 정신을 들여 이순신전을 볼지어다.

임진년 일을 어찌 차마 말할손가. 당파의 의론이 조야에 치성熾盛[6]하며, 상하 물론하고 사사 일에 골몰하여 남을 모함하던지, 남에게 아첨하는 데만 열이 난 소인배들이 제 집안네끼리 싸워 날로 서로 살육

---

3) 태종왕(太宗王): 태종 무열왕. 신라의 제29대 왕(602~661). 성은 김(金). 이름은 춘추(春秋). 묘호는 태종(太宗). 율령을 정비하고, 당나라와 연합하여 백제를 멸망시키고 삼국 통일의 기반을 닦았다. 재위 기간은 654~661년이다.
4) 김방경(金方慶): 고려 시대의 명장(1212~1300). 자는 본연(本然). 삼별초의 난을 평정하였고 원나라가 일본을 정벌할 때 고려군 도원수로서 종군하였다.
5) 정지(鄭地): 고려 말기의 무신(1347~1391). 초명은 준제(准提). 부패한 수군을 쇄신하였고, 여러 번 왜구의 침입을 막았으며, 이성계의 위화도 회군에 동조하여 이등 공신이 되었다.
6) 치성(熾盛): 불길같이 성하게 일어남.

하매, 어느 겨를에 정치를 의논하며, 어느 겨를에 국세를 염려하며, 어느 겨를에 외교를 강구하며, 어느 겨를에 군비軍備7)를 수습하리요?

정승이니, 판서니, 대장이니, 영장營將이니 하는 이들이 불과 제 집안에 사사로이 싸움한 일로 각기 서로 눈을 흘기며, 미워하고 팔을 뽐내며 호령하던 시대라. 이러므로 저 평수길平秀吉(도요토미 히데요시)이란 자가 이름 없는 군사를 한 번 일으켜, 우리나라 지경을 침범하매, 장사將士8)가 흩어지고, 인민이 도망하여, 저희들이 출병한 지 불과 10여 일 간에 문득 경성을 핍박하여, 무인지경無人之境9)같이 몰아 들어왔으니, 슬프다! 이런 화란禍亂이 난 것을 또 뉘게 원망하리요?

비린 피는 팔도에 가득하고, 악한 기운은 동해에 덮여 7, 8년 동안에 병화가 끊이지 아니하니, 이렇게 부패한 정치와 이렇게 이산된 인심에 무엇을 의뢰하여, 국기를 회복하였는가? 우리 이순신 공의 공로를 이에 알리로다.

---

7) 군비(軍備): 전쟁을 수행하기 위하여 갖춘 군사 시설이나 장비.
8) 장사(將士): 예전에, 장수와 병졸을 아울러 이르던 말. 장졸(將卒).
9) 무인지경(無人之境): 아무것도 거칠 것이 없는 판.

제2장 이순신이 어렸을 때와
소시적의 일

높고 높은 하늘은 위에 있고, 넓고 넓은 땅은 아래 있는데, 그 두 사이에 거생居生[10]하여 있는 인생들은 한 큰 살벌성殺伐性으로 화하여 난 것이라. 그런고로 폐관자수閉關自守[11]함으로써 국시國是를 삼고, 인국隣國[12]이 늙어 죽도록 서로 상통 왕래하지 아니하던 시대에도 이 민족과 저 민족이 서로 한 번 부딪히는 경우를 당하면, 피를 뿌리며 뼈를 부수어, 천지가 비참하고 사생존망死生存亡이 순식간에 결단나거든, 하물며 세상의 변란이 더욱 크고, 경쟁이 더욱 맹렬하여 철혈鐵血을 거룩한 것이라 하는 근래 시대이랴. 그러한데 저 소매는 기다랗고 걸음은 뚜벅뚜벅하며, 몇 백 년 동안에 수신제가하는 도리를 강론하던 자는

---

10) 거생(居生): 일정한 곳에 머물러 살아감.
11) 폐관자수(閉關自守): 외국과의 조약을 폐지하고 자국의 주장을 고집함.
12) 인국(隣國): 이웃 나라.

모두 다 꿈속에서 잠꼬대하던 인물들이 아닌가.

일체 중생이 공수래공수거하매, 병인년(1866년) 강화양요에 대포 소리만 우연히 귀에 들리면 각각 남부여대男負女戴[13]하고, 다투어 토굴이나 석굴을 찾아가서 구차히 잔명을 보전코자 하다가, 필경에는 살아도 무익하고 죽어도 무익하게 되어, 무주공산에 썩은 뼈가 초목과 같이 썩어지는데, 오호라! 해상에 멀리 나가 3백 년 전 일을 돌이켜 생각컨대, 창망한 파도 위에도 한 몸이 우뚝 서서 장검을 짚고, 제장諸將[14]을 지휘할 제, 적국의 함대는 개미 모이듯 하고, 탄환은 비 오듯 하는 가운데에서도 엄연히 서서 안연眼緣[15] 부동하며 하느님께 기도하여 가로되,

"만일 이 원수를 소멸할진대 죽어도 여한이 없겠노라." 하고, 그 몸을 희생으로 삼아 전국을 구원하여내던 자는 오늘날 삼척동자라도 유전하며 칭송하는 우리 삼도수군통제사三道水軍統制使 충무공 이순신이 아닌가.

평수길은 본시 직전신장織田信長(오다 노부나가)의 부하 군졸로서 분

---

13) 남부여대(男負女戴): 남자는 지고 여자는 인다는 뜻으로, 가난한 사람들이 살 곳을 찾아 이리저리 떠돌아다님을 비유적으로 이르는 말.
14) 제장(諸將): 여러 장수.
15) 안연(眼緣): 눈의 가장자리나 주변. 눈가.

발하게 일어나서 일본의 세 섬을 통합하고, 관백關白16)의 지위를 점령한 후에 한국을 엿본 지 오랜 지라. 동래 부산에 살기殺氣가 날로 급박하매, 우리 조상 단군의 신령이 청구 강산에 사람이 없는 것을 비탄하사 큰 적국을 대적할 간성지장干城之將17)을 내려 보내시니, 때는 선묘조 을사(1545년) 3월 8일 자시子時라. 한양 건천동乾川洞에서 갓 낳은 아이 울음소리가 나니라.

부친의 이름은 정貞이요, 모친의 성은 변卞씨요, 조부의 이름은 백록百祿이니 생원이라. 이순신을 장차 나을 즈음에 그 조부가 현몽現夢18)하고 이 이름을 지어 주었다 하느니라.

파로 피리를 불며, 대로 말을 타고, 울타리와 담 안에서 오락가락 노니는 것을 아이들의 장난이라고 심상히 보지를 마시오. 영웅의 본색을 흔히 이런데서 증험曾驗하여 알 것이라.

대저 이순신이 어렸을 때에 여러 아이들과 장난할 새, 싸움하는 진陣을 버리고 도원수라 자칭하며, 나무를 깎아 활과 살을 만들어 두고 동네 사람 중에 불합의한 자가 있으면 활을 당기어 그 눈을 쏘려 하더

---

16) 관백(關白): 일본에서 왕을 내세워 실질적인 정권을 잡았던 막부의 우두머리.
17) 간성지장(干城之將): 나라를 지키는 믿음직한 장군.
18) 현몽(現夢): 죽은 사람이나 신령 따위가 꿈에 나타나다.

라.

슬프다! 시대의 행습이 항상 좋은 남아를 속박하여, 악착한 범위 안에서 앉아서 썩게 하나니, 이순신이 출세할 시대에는 유림이 나라에 가득하고, 청한淸閑19)한 담론만 성행할 뿐더러, 또한 자기의 할아비와 아비가 대대로 유림 문하 인물이니, 이공은 비록 하늘로서 내신 군인의 자격이지마는 어찌 능히 용이하게 스스로 발전이 되리요. 이러므로 백씨, 중씨 두 분을 좇아, 유도儒道를 배워 20년의 세월을 허송하였도다.

그러나 장래에 해상에서 한 조각배를 타고, 적국의 인후咽喉20)를 막아 호남을 방어하여, 전국에 대사령관이 될 인물이 어찌 이런 데서 길이 늙으리요. 개연히 붓을 던지고 무예를 배우니 그때에 나이 22세이러라.

28세에 훈련원 별과別科에 가서 말달리기를 시험하다가 말위에서 떨어져 왼다리가 절골이 되어 한참을 혼도昏倒21)하였는데, 보는 사람들이 다 말하기를, 이순신이 죽었다 하더니 이순신이 홀연히 한 발로 일

---

19) 청한(淸閑): 맑고 깨끗하며 한가함.
20) 인후(咽喉): 목. 중요한 통로.
21) 혼도(昏倒): 정신이 어지러워 쓰러짐.

어서서 버들가지를 꺾어 그 껍질을 벗겨 상처에 싸매고 뛰어 말에 오르니 구경하던 모든 사람이 일제히 갈채한지라. 오호라! 이것이 비록 작은 일이나 크게 분발하고, 크게 인내하는 영웅의 자격인 줄을 가히 알지니, 손가락에 조그마한 가시 하나만 박혀도 밤새도록 고통하여 입맛까지 아주 잃어버리는 저 용렬한 겁쟁이야 무슨 일을 능히 하리요.

세계에 큰 무대에서 활동하는 인물은 지략이 있는 것만 귀할 뿐 아니라, 용력도 불가불 볼 것이니라. 이순신이 일찍 선영에 성묘하러 갔더니, 분묘 앞에 장군석이 넘어졌는데, 하인 수십 명이 들어 일으켜 세우려 하다가 힘이 모자라 숨이 모두 헐떡헐떡하거늘, 이순신이 소리를 질러 꾸짖어 물리치고 청도포를 입은 채 등으로 져다가 제 자리에 세우니 보던 자들이 크게 놀라더라.

장성하여서는 어렸을 적에 당돌하고 호협豪俠하던 태도는 없어지고, 심성을 배양하매 같이 놀던 한량들이 저희끼리는 종일토록 허튼말로 서로 희롱하면서도, 이순신에게는 감히 그러지 못하였으며, 비록 서울에서 생장하였으나 두문불출하고 무예만 혼자 연구하였으니, 오호라! 영웅을 배우고자 하는 자 불가불 심성 공부를 먼저 배울 것이니라.

제3장 이순신의 출신出身과
그 후의 곤란

백락伯樂[22)]을 만나지 못하여 기마 같은 천리마가 소금 싣는 판으로 공연히 굴러다니는데, 무정한 세월은 물 흐르듯 하여 장부의 머리털이 희기만 재촉하니 어느덧 이순신의 나이 32세가 되었도다.

이 해에 과거를 하여 무급제武及第에 출신이 되니, 문관은 귀하고 무관은 천하매, 상전은 어찌 그리 많으며, 산은 첩첩이 높고 물은 겹겹이 흐르는데 활동할 데가 어느 곳이뇨. 그 해 겨울에 함경도 동구비보董仇非堡에 권관權管이 되고, 그 후 4년 만에 35세가 되어, 훈련원 봉사奉事로 내천內遷되었다가, 또 그 해 겨울에 충청병사忠淸兵使의 군관軍官이 되고, 36세에 발포鉢浦 수군만호水軍萬戶가 되었다가, 그 이듬해에 무슨 일로 죄에 걸려 파직이 되었더니, 그 해 가을에 훈련원 봉사로 복직이 되고, 3년 만에 함경남도 병사兵舍의 군관이 되었다가, 그 가을에 건원

---

22) 백락(伯樂): 중국 주(周)나라 때 사람으로 말(馬)의 감정을 잘하였음.

보建原堡에 권관이 되니, 그때에 이순신의 나이 한 해만 더하면 만 40세이리라.

당시에 혁혁한 사환가仕宦家[23)]의 구상유취口尙乳臭[24)]의 것들은 한 가지 재주가 없어도 오늘에는 승지, 내일에는 참판을 하여, 금수주의에 은안백마를 타고 동서로 횡행하며, 엄엄한 권문가에 조석 문안하는 자들은 한 가지 능간이 없어도 오늘에는 절도사, 내일에는 통제사를 하여, 금의옥식에 고량진미를 먹고, 좌우로 고첨顧詹[25)]하며, 심지어 서너 집 있는 촌에서 '욱욱호문재'라 하는 글을 '도도평장아'라고 가르쳐 주는 무식한 학구가 수년만 무릎을 꿇고 있어도, 백의白衣 이조판서를 하는데, 이에 세상에 없는 거룩한 사람 이순신 같은 이는 출신한 지 7, 8년에 한 자급資級 승차하지 못하고, 봉사나 권관 같은 미관말직에만 얽매여 궁도窮途에 들어 애석히 지내게 하는도다.

만일 일찍 좋은 지위를 얻어 쾌히 그 재분대로 하게 하였다면, 참담한 풍운을 쓸어 헤치고, 길림吉林과 봉천奉天의 이전 땅을 회복하여 고구려 광개토왕의 기념비를 다시 세우기도 하였을 지며, 대판大阪(오사

---

23) 사환가(仕宦家): 대대로 벼슬하는 집안.
24) 구상유취(口尙乳臭): 입에서 아직 젖내가 난다는 뜻으로, 말이나 행동이 유치함을 이르는 말.
25) 고첨(顧瞻): 고개를 돌려 돌아봄.

카)과 살마薩摩(쓰시마)의 모든 섬을 토벌하여, 신라 태종 대왕의 백마 무덤을 다시 수축하기도 하였을 지어늘, 비루하고 용렬한 무리들이 조정에 충만하였음으로 능히 동정서벌할 헌헌軒軒26)한 대장군을 좁고 좁은 강산에 오래도록가두어 두었도다.

  슬프다! 남이南怡27) 장군이 백두산에 올라 중국과 일본과 여진, 말갈 등 각국을 엿보며, 우리나라의 미약함을 돌아보고 소년의 예기銳氣28) 를 이기지 못하여 글 한 수를 지어 가로되

백두산 돌은 칼을 갈아 다하고

두만강 물은 말을 먹여 없이 하리로다.

남아가 이십에 도적을 평정치 못하였으니

후세에 누가 대장부라 칭하리요.

하였더니, 이 글로 인하여 필경에는 그 몸이 참혹하게 죽었으니, 인민 의 외국과 경쟁할 사상을 이렇게 틀어막아주던 야속스러운 시절이라.

---

26) 헌헌(軒軒): 풍채가 당당하고 빼어남.
27) 남이(南怡): 조선 세조 때의 무신. 이시애의 난과 건주여진 정벌 등에서 공을 세 워 세조의 총애를 받았으나 세조가 죽은 후 역모에 몰려 처형되었다.
28) 예기(銳氣): 날카롭고 굳세며 적극적인 기세.

영웅이 곤란을 겪는 것이 진실로 당연하도다.

그러나 이순신은 곤궁하거나 부귀하거나 전혀 생각지 아니하고, 정의로만 스스로 처사하여 위엄에도 굴하지 아니하며, 권문에도 붙이지 아니하니, 이것이 옛사람의 이른바 호걸이요, 성현이로다. 훈련원 봉사로 있을 때에 병조판서 김귀영金貴榮에게 서녀庶女 하나가 있어 첩을 주고자 하거늘, 가로되

"내가 처음으로 벼슬길에 나서서, 어찌 권문세가에 자취를 의탁하리요?"

하고 중매를 곧 거절하여 보내었으며, 발포만호鉢浦萬戶로 있을 때에 좌수사左水使 성박이 사람을 보내어 객사 뜰 가운데 있는 오동나무를 거문고 바탕으로 쓰려고 베어 가려 하거늘, 말하되

"이것은 관가 물건으로 여러 해 동안을 배양하던 것인데, 일조 찍어 가려 함은 무슨 까닭이뇨?"

하고 베어 가지 못하게 하였으며, 재상 유전柳㙉이 좋은 전통箭筒[29]을 청구하거늘, 가로되

"이런 말을 다른 사람들이 들으면 공의 받은 것과 나의 드린 것을 다

---

[29] 전통(箭筒): 화살을 담아 두는 통.

어떻게 여기리까?"

하고 주지 아니하였고, 율곡栗谷 이이李珥가 이조판서로 있을 때에 서애西厓 유성룡을 소개하여 보기를 청하거늘, 가로되

"나와 동성이니 서로 보아도 관계치 않을 것이로되 관리를 출척하는 지위에 있을 때에는 볼 수 없노라!"

하고 듣지 아니하였으니, 그 강직하고 근신함으로써 몸을 가지는 것이 이순신의 평생 주의러라. 건원보에 권관으로 재임하였을 때에 변방 오랑캐 울지내鬱只乃가 난을 일으키거늘 기특한 계교를 써서 사로잡았더니, 병사兵使30) 김우서金禹瑞가 그 공을 시기하여 '주장에게 품하지 아니하고, 천단히31) 대사를 들었다(부품주장不稟主將 천거대사擅擧大事)'고 장계하여 마침내 상전賞典32)을 받지 못하였느니라. 이리저리 천전만한 지 8년 만에 훈련원 참군參軍으로 한 계제를 승차하였더니, 친상을 당하여 벼슬을 버리고 거상居喪하다가 해상한 후에 사복사주부司僕寺主簿에 임명되니, 그때에 나이 42세이러라.

---

30) 병사(兵使): 조선 시대에, 각 지방의 병마를 지휘하던 종이품의 무관 벼슬. 병마절도사.

31) 천단하다(擅斷--): 제 마음대로 처단하다.

32) 상전(賞典): 공로의 크고 작음에 따라 상을 주는 규정이나 격식.

제4장 오랑캐를 막던 조그만 싸움과 조정에서 인재를 구함

선묘조 병술년(1586년)에 호란胡亂이 바야흐로 크게 일어나매, 조정에서 공을 천거하여 조산만호造山萬戶를 임명하고, 이듬해 정해년(1587년)에 녹둔도鹿屯島 둔전관屯田官을 겸임한지라. 이순신이 그 섬의 지형을 자세히 살피고 병사 이일李鎰에게 자주 보고하여 가로되,

"섬은 외롭고 지키는 군사는 적으니, 만일 오랑캐가 오면 장차 어찌하리요?"

하되, 이일이 듣지 아니하여 가로되,

"태평 시대에 군병을 더 설시하여 무엇하리요?"

하더니 오래지 아니하여서 변방 오랑캐가 과연 군병을 대기하여 그 섬을 둘러싸거늘, 이순신이 적의 장수 몇 사람을 쏘아 죽이고 이운룡李雲龍 등으로 더불어 추격하여 포로 병사로 잡힌 군사 60여 명을 도로 빼앗아올 새, 한참 골똘히 싸우는 중에 오랑캐의 살에 맞아 왼 다리가

상하였으되, 군사들이 놀랠까 염려하여 몰래 빼어 버렸더라.

이것은 비록 작은 싸움이나 그 선견지명이나 기력의 건장할 것을 가히 알 것이니 또한 이순신 역사의 한 조그만 기념이로다.

용이 진흙에 묻혀 있어서, 개미에게 곤핍을 당하는 것은 당연한 이치라.

저 이일이란 자도 또한 공의 공로를 시기하던 김우서의 변화한 후신이던지, 그 공로를 상 줄 생각이 아주 없을 뿐더러 그 군병을 더 설시하자 하는 것을 자기가 듣지 아니하였음으로 부끄러워서 이순신을 죽이고자 하더라.

이순신이 이일의 부름을 듣고 장차 들어가려 할 새, 그 친구 선거이 宣居怡33)가 손을 잡고 눈물을 흐리며 술을 권하여 가로되,

"술을 취하면 형벌 받을 때에 아픈 것을 모른다."

하거늘 이순신이 정색하고 대답하여 가로되,

"죽고 사는 것은 천명이니 술은 먹어 무엇하리요?"

하고, 드디어 들어간즉 이일이 패전하였다는 글을 써서 바치라고 꾸짖으며, 위협하는지라 이순신이 가로되,

---

33) 선거이(宣居怡): 조선 중기의 무신으로 임진왜란 당시 한산도대첩과 행주대첩 등에서 큰 공을 세웠으며, 병으로 관직에서 물러난 뒤에도 정유재란이 일어나자 군대를 이끌고 참전하였다가 왜군과의 싸움에서 전사하였다.

"내가 군병을 더 설시하자고 여러 번 청하였으되, 허락하지 아니한 서목書目이 내게 소상이 있거늘 어찌 나를 죄주며, 또 내가 힘써 싸워 도적을 물리치고 포로병을 도로 빼앗아 왔거늘 어찌 패전하였다 하리요?"

하고 소리와 안색이 다 씩씩하매, 이일이 말이 막히어 능히 다시 힐난하지 못하였으나 마침내 조정에 무고하여 삭탈관직하고 백의로 종군하게 하니라.

재주가 있으면 시기를 받고, 공로가 있으면 죄를 받으니, 그때의 일을 가히 알지로다. 그러나 문충공文忠公 유성룡이 공의 재주를 깊이 탄복하여 무관 중에는 불차택용할 인재라고 자주 천거하더라.

선묘조 무자년(1588)에 정읍현감井邑縣監을 제수하고, 태인현감泰仁縣監으로 겸관이 되었더니, 그때에 태인 고을이 오래 공관이 되었는지라, 그 적체한 문부를 경각에 다 처결하니, 온 고을 사람이 다 놀라서 어사御使에게 정문呈文을 드려 이순신을 태인현감에 임명하여 달라고 청하는 자 분분하였으니, 오호라! 범 같은 장수의 지략으로서 목민지관牧民之官[34]의 재목도 겸비하였도다.

---

34) 목민지관(牧民之官): 백성을 다스려 기르는 벼슬아치라는 뜻으로, 고을의 수령 등의 외직 문관을 통틀어 이르는 말.

경인년(1590)에 고사리高沙里 첨사로 제수되더니 수령을 천동한다고 대간이 일어나서 막게 되어 인임하였다가 오래지 않아서 만포 첨사萬浦僉事로 제수되더니 속히 승차된다고 대간이 또 일어나서 막으매 다시 인임이 되었더니, 이듬해 신묘에 왜구의 소식이 날로 굉장하매, 이에 비로소 대장 재목을 구하니 이순신의 성공할 날이 점점 가까웠도다. 진도군수珍島郡守로 서임하였다가, 미처 부임치 못하여서 가리포진 수군절제사加里浦鎮 水軍節制使로 서임하고, 또 미처 부임치 못하여서 전라좌도 수군절도사全羅左道水 軍節度使를 서임하니, 그때에 나이 47세이러라.

이것은 이순신이 해상에 발을 붙이던 시초이니 영웅이 이제야 무예의 쓸 곳을 얻었도다.

제5장 이순신이 전쟁을 준비

이때를 당하여 풍신수길이 저희 나라 안에 모든 속방을 한 채찍으로 통합하고, 야심이 발발하여 서편으로 엿보며, 사신을 보내어 우리나라의 내정을 탐지하고, 자주 국서國書를 보내어 능욕이 자심하매, 양국 간에 개전할 기틀이 이미 박두하였거늘 아무 꾀도 없는 만조백관滿朝百官[35]들은 어리석게 편안히 앉아서 '왜가 아니 온다' 주장하며, '왜가 장차 동하리라' 혹 말하는 자도 불과 한담 삼아 이야기꺼리로 돌리고, '저 나라의 사신이나 참하자'고 하며, '명나라에 구원이나 청하자' 하여, 자주자립하기를 구하는 자는 도무지 없는데, 한 모퉁이에 묵묵히 앉아서 잠도 아니 자고, 밥도 아니 먹고, 훗날의 큰 전쟁을 준비하는 자는 오직 전라좌도 수군절도사 이순신 한 분 뿐이러라.

본영本營문과 부속한 각 진鎭에 지휘하여 군량을 저축하며, 병기를

---

35) 만조백관(滿朝百官): 조정의 모든 벼슬아치.

수습하며 군병을 조련하고, 수로를 자세히 살피고 행군하여 왕래할 길을 심중에 묵묵히 작정한지라. 오호라! 이순신이 이 관직으로 도임한 지 1년 만에 왜란이 일어났으니, 이렇게 세월이 얼마 되지 못하는 동안에 수습한 것으로도 마침내 큰 공을 이루었으며, 또한 기특한 지혜를 내어 병선을 새로 발명하였는데, 앞에는 용의 머리와 같이 입을 만들었고, 등에는 강철로 칼날과 같이 길이로 박았고, 배 안에서는 밖을 내다보아도 밖에서는 안을 들여다보지 못하게 하여, 수백 척 되는 적선 가운데로 아무 탈 없이 임의로 왕래하게 만들었으니, 그 형상은 거북과 방불하다 하여 그 이름은 거북선이라 하였더라. 그것으로 왜구를 토멸討滅하고, 한때에 큰 공을 이루었을 뿐더러, 곧 지금 세계에서 쓰는 철갑선의 조상이라 하여, 서양 각국 해군가에 가끔 그 이름을 기록한 것이 있느니라.

정병을 거느리고 문경세제의 험준한 곳을 지키지 아니하다가 탄금대彈琴臺에서 대패하던 장군신립申砬이 육전陸戰에만 전력하고 해군은 폐지하자고 장계하여 조정에서 허락하려 하거늘, 이순신이 바삐 장계하여 가로되,

"해상의 적병을 막는 데는 해군이 제일이니 해전이나 육전에 어떤 것을 편벽되이 폐지하리요?"

하여 수군을 폐지하지 아니하였으나, 그러나 조정에서 수군에 관한 일은 더욱 심히 업수이[36] 보아 항상 없어도 좋고 있어도 좋은 줄로 아는 고로 이순신이 체찰사體察使[37]에게 상서하여 가로되,

"우리나라의 방어지책을 설비한 것이 곳곳이 부실할 뿐더러 왜노의 두려워하는 바는 수군인데, 방백方伯[38]에게 이문하여도 수군 1명도 파송치 아니하며, 군량이 군색은 더욱 심하며, 수군에 관한 일은 장차 철파撤罷 되고야 말 터이니, 나라 일을 장차 어찌하리요?"

하였으며, 또 왜란이 난 후에 장계하여 가로되,

"부산 동래 연해변에 있는 제장들이 선척을 많이 준비하여 바다 어구에 군사를 배치하고, 크게 위엄을 베풀며 세력을 헤아려 진퇴하는 방침이 있었던들 도적이 어찌 육로에 한 발자국이나 들어왔으리요? 이런 일을 생각하오매 감격하고 분함을 이기지 못하겠나이다."

하였으니, 그때에 조정에서 수군의 뜻이 없던 것은 가히 알 것이요, 이순신이 홀로 노심초사하며 수습하고 설비하든 것도 더욱 가히 알지로다.

---

36) 업수이: '업신여기어'의 방언.
37) 제찰사(體察使): 조선 시대에, 지방에 군란(軍亂)이 있을 때 임금을 대신하여 그 곳에 가서 일반 군무를 맡아보던 임시 버슬. 보통 재상이 겸임하였다.
38) 방백(方伯): 관찰사의 다른 말. 조선 시대 지방에 파견한 지방 관리. 현재의 도지사나 광역 시장과 같은 직위이다.

제6장 부산 바다로 구원하려고 간 일

그때에 육군을 보건대, 신립·이일 등 두 사람이 나눠 통솔하였으며, 수군을 보건대, 원균元均·배설裵楔 등 몇 사람이 각기 주장하니 소위 방어를 설비한다는 것이 실로 한심한데, 당시에 호남·영남에 만리장성이 되어 중흥할 기초를 세우기는 오직 이순신 한 분만 믿는도다. 그러한데 이순신의 지위가 한 수사水使에 지나지 못하니, 그 지위가 극히 낮고 위령이 전라좌도에 지나지 못하니, 그 위령이 극히 작은지라. 만일 수륙군대제독水陸軍大提督을 피임하였거나, 그러치 않으면 삼도수군통제사三道水軍統制使라도 벌써 제수하였더면, 풍신수길이 백 개가 오더라도 바다 밑에 고기 배 속에 장사할 뿐이러니라.

동래 부산 바다 어구에 슬픈 구름은 덮여 있고, 경기 영남 각 지방에 봉화불은 끊겼는데, 방백과 수령들은 몸을 제멋대로 할 수 없어 밤새도록 자지 못하고 검을 어루만지며 탄식만 하니, 분노하는 자 담만 끓는도다.

임진년(1592년) 4월 15일에 경상우도 수군절도사 원균의 관문이 왔는데, 왜선 90척이 경상좌도左道 축이도丑伊島를 지나 부산포로 연속하여 나아온다 하며, 4월 16일 진시辰時에 경상도 관찰사 김쉬金倅의 관문이 왔는데, 왜선 4백여 척이 부산포釜山浦 건너편에 정박해있다 하더니, 그날 해시亥時에 원균의 관문을 또 받아본즉, 큰 부산진이 이미 함락된지라. 즉시 휘하의 제장을 불러 나아가 토벌하기를 의논하니, 다 가로되

"본도의 수군은 본도나 지킬 것이니, 영남에 있는 도적이 우리에게 무슨 상관인가?"

하며 눈치만 보고 피하는 자가 심히 많은데, 광양현감光陽縣監 어영담魚泳潭39)과 녹도만호鹿島萬戶 정운鄭運40)과 군관軍官 송희립宋希立41) 등이 분연하여 가로되,

"영남도 나라의 강토요, 영남에 있는 왜노도 나라의 도적이니, 오늘

---

39) 어영담(魚泳潭): 조선 중기의 무신. 여러 진관의 막료로 있으면서 해로를 익혔다. 임진왜란이 일어나자 이순신 휘하에서 수로향도로 활약, 옥포해전·합포해전·당항포해전·율포해전 등에서도 공적을 세웠다.

40) 정운(鄭運): 조선 중기의 무신. 임진왜란이 일어나자 이순신의 선봉장이 되어 옥포해전·당포해전·한산도대첩 등의 여러 해전에서 큰 전과를 올렸다.

41) 송희립(宋希立): 조선 중기의 무신. 임진왜란 때 의병을 모아 통제사 이순신 휘하에서 종군하고 정유재란 때 노량해전에서 왜군에게 포위된 명나라 도독 진린을 구했다.

날에 영남이 함몰하면, 내일에 전라도는 능히 보전할까?"

하거늘, 이순신이 책상을 치며 가로되,

"옳다!"

하고 각 포구에 있는 전선戰船을 불러모으며 인마人馬를 나누어 거느리고, 29일에 본영문 앞 바다에 일제히 모이기로 약속을 정하였더라.

모든 배를 지휘하여 떠나고자 하더니 파송하였던 순천수군順川水軍이언호李彦浩가 도로 달려와서 고하되,

"남해南海 고을 현령縣令과 첨사僉使가 도적의 소식을 듣고, 창황히 도망하여 그 종적을 알지 못하오며, 공해와 여염집이 모두 비어 연기가 끊어지고, 창고의 곡식은 각처로 흩어지고, 무고武庫의 병기는 땅에 가득히 낭자한데, 오직 군기창 행랑 밖에서 절뚝발이 하나가 홀로 나앉아 울더라."고 고하니, 이순신이 이 말을 듣고 크게 놀라며 탄식하더라.

대저 남해는 우수영右水營과 거리가 멀지 아니하여, 호각 소리가 서로 들리고, 앉았는지 섰는지 사람의 형상을 역력히 아는 터인데, 그 고을이 이미 비었는즉 본영에도 적환賊患이 박두하였도다. 그러나 본영만 앉아서 지키고자 한즉 사면의 적세는 날로 크게 창궐하여, 팔도 인민의 호곡하는 소리가 천지에 진동하는데, 장수의 명의名義를 가지

고 앉아서 보며 구원치 아니하면, 불인한 일이니 가히 할 수 없고, 각 지방을 모두 구원코자 한즉 부산에 보낼 구원병도 잔약하기가 막심하여 전도에 승산이 묘연한데, 만일 군사를 나누면 싸움할 수 없으며, 지혜가 아니니 가히 할 수 없는지라. 밤중에 잠을 자지 못하고 눈물을 뿌리며 방황하다가 이튿날에 장계를 올리고, 부산 바다로 향하여 원균을 구원하러 갈 새, 배의 척수는 적함의 백분의 일이 못되며, 군사의 액수는 적군의 천분의 일이 못되며, 기계도 적병과 같이 정리치 못하며, 성세도 적병과 같이 광대치 못하며, 싸움에 숙련함도 적병만 못하며, 물에 연습함도 적병만 못하건마는 다만 '의'자 한 자로만 군심을 격동시켜 각각이 도적과 더불어 같이 살지 않을 마음으로써 싸움하러 나가는 길에 들어서니, 판옥선板屋船[42]이 24척이요, 협선挾船[43]이 15척이요, 포작선鮑作船[44]이 46척이러라.

5월 4일 첫 닭 울음에 배를 띄워 급히 행할 새 연로에 지나는 곳마다

---

42) 판옥선(板屋船): 조선시대 수군의 대표적인 전투선으로 노를 젓는 노군은 1층 전투원은 2층에 배치하였다.

43) 협선(挾船): 조선시대 수군의 조선 중기와 후기에 대형전투함의 부속선으로 활용된 소형 배. 임진왜란 초기에 협선은 판옥전선의 부속선으로 활동하였으나 점차로 사후선에게 자리를 물려주게 되었다.

44) 포작선(鮑作船): 바닷물 속에 들어가 조개, 미역 따위 해산물을 채취하거나 어포를 만들어 진상하던 포작간(鮑作干)들이 사용하던 배. 가볍고 빨라 전선(戰船)으로 이용되기도 하였다.

쌍가마와 한 필 말에 아내는 앞서거니 남편은 뒤서거니 하여 처량한 행색으로 달려가는 자가 길이 메우고 줄이 닿았으니, 저자들은 다 어떤 사람인고. 모두 평정 시절에 후한 녹만 먹고, 포식난의飽食暖衣하며 금관자나 옥관자를 붙이고, 수령이니 영장이니 하는 인물로서 지금 피란하러 가는 행차들이러라.

제7장 이순신이 옥포에서 첫 번 싸움

이날에 경상도 소비포所非浦 바다 가운데서 결진結陣하고 밤을 지낸 후, 이튿날 5일과 6일 양일간에 경상 전라 양도의 제장들이 뒤를 좇아 따라오는 자가 많거늘, 한곳에 모으고 약속을 제삼 부탁한 후에 거제 도 송미포松未浦 바다 가운데 이르러 날이 저물매, 거기서 밤을 지내고 7일 새벽에 발선하여 적선이 있는 곳으로 향할 새, 당일 오시午時에 옥 포 앞바다에 이르니, 척후대장斥候大將 김완金浣 등이 신기총神機銃을 놓 아 전면에 왜가 있는 것을 보고하거늘, 이순신이 제장을 신칙하여 산 과 같이 정중하고 망동하지 말라고 군중에 전령하고, 대오를 정제히 하여 일제히 나아간즉, 왜선 50척이 정박하여 있는데, 그 배가 사면에 오채가 영롱한 장막으로 둘렀고, 장막가에는 홍기와 백기를 어지러이 달아서 바람에 펄럭펄럭 날리매, 사람의 눈이 현혹하더라.

우리 군중의 장사들이 일제히 분발하여 죽기를 각오하고 동서로 충 돌하니, 적병이 창황망조蒼黃罔措45)하여, 탄환에 맞고 살에 꿰어 유혈

이 낭자하며, 배에 실었던 물건을 분주히 물에 던지고 일시에 흩어지며, 물에 빠져 죽는 자는 헤아릴 수 없고, 물에 내려 도망하는 자는 앞뒤로 이어졌는지라, 우리 군사는 더욱 분발하게 싸워 왜선 수십 척을 격파하고 소화하니 온 바다 가운데에 화염이 창천하더라.

산에 올라간 적병을 수탐하여 잡으려다가 산세가 험준하고 수목이 무성하여 용신容身할 곳이 없을 뿐더러 날이 또한 저물었음으로 부득이하여 영등포 앞바다로 물러가 주둔하여 밤을 지내기를 꾀하더니, 신시申時쯤 되어 큰 왜선 5척이 졸지에 와서 거리가 불원한 곳에 떠있거늘 즉시 김포 앞 바다로 추격하여 크게 파한 후에 창원 땅 남포 앞바다에서 밤을 지내고, 8일 이른 아침에 진해鎭海 고리양古里梁에 왜선이 정박하여 있다는 보고가 오거늘, 즉시 발선하여 고성固城 적진포赤珍浦에서 왜선 13척이 있음을 보고, 여러 군함이 돌격하여 또 크게 이기니라.

군사를 잠깐 쉬어 아침을 먹으려 하더니, 적진포 근처에 사는 백성 이신동李信同이라 하는 자가 산상山上에서 우리나라 국기를 바라보고 등에 아이를 업고 엎어지며 자빠지며 울고 포변으로 향하여 오거늘,

---

45) 창황망조(蒼黃罔措): 너무 급하여 어찌할 수가 없음.

작은 배로 실어 들어온 후에 도적의 종적을 물으니, 이르되

"왜적들이 어제 이 포구에 와서 인명을 살해하며 부녀를 겁탈하고 재물을 우마로 실어다가 그 배에 싣고, 초경쯤 되어 중류에 배를 띄우고 소를 잡고 술을 먹으며, 노래 소리와 저 소리가 새벽이 되도록 끊이지 아니하다가 오늘 이른 아침에 고성 등지로 향하더이다."

하고 또 가로되,

"소민은 노모와 처자를 난중에 서로 잃고 향할 바를 알지 못하나이다."

하며, 눈물이 비 오듯 하거늘 이공이 측은한 마음을 이기지 못하여 진중에 머물러 두고자 하니 그 어미와 그 처의 거처를 탐지하기 위하여 머물러 있기를 즐겨 아니하는지라.

이순신 등의 일행 장사들이 이 말을 듣고 더욱 분격하여 왜적과 살기를 같이 아니하기로 맹세하고 적선의 정박한 곳을 찾아 향하니라.

이 싸움에 왜적의 사상자는 수천에 지나고, 우리 진중에 순천대장順天代將 이선지李先枝가 왼편 팔을 총에 맞아 상하였더라.

제8장 이순신의 제2전(당포唐浦)

예기銳氣가 바야흐로 성할 때에 비참한 소식이 돌연히 오는도다.

5월 8일에 고성 월명포月明浦에 이르러 결진하고 군사를 쉬며, 제장과 도적 파할 계책을 상의하더니, 본도 도사都事 최철견崔鐵堅의 보고가 왔거늘 받아본즉, 적병이 경성을 함락하고, 대가가 평양으로 파천하였다 하였는지라.

이순신이 슬픈 눈물을 금치 못하고 노한 담이 찢어지고자 하여, 한번 기를 놀려 내지內地로 들어가 도적을 소탕하고 국치를 쾌히 씻고자 하나 말과 양식이 부족할 뿐 아니라 수군을 한 번 거두면 삼남三南의 울타리를 또 어찌할꼬? 강개하여 피가 끓는 것은 원래 영웅의 본색이나 경망하고 조급한 것은 또한 장수된 자의 크게 경계하는 바이라.

이에 이순신이 비분을 강잉히[46] 억제하고 본영으로 돌아와서, 우수

---

46) 강잉하다(强仍--): 억지로 참다. 또는 마지못하여 그대로 하다.

군 절도사 이억기李億祺47)에게 이문하여 부산에 있는 도적을 토멸하기로 6월 3일에 함께 모이기를 언약하고, 이날을 기다리더니 언약한 날 전기 수삼 일에 적선 10여 척을 노량露梁에서 맞는지라, 저희가 많이 모이기 전에 파멸할 경영으로 홀로 전선 23척을 거느리고 노량 바다 가운데로 직충하여 왜선 십수 척을 쳐서 파한 후에 사천泗川 선창船滄으로 향한즉, 7, 8리 되는 산 위에서 왜적 400여 명이 홍기와 백기를 어지러이 꽂고 장사진長蛇陣48)법으로 결진하고, 그 가장 높은 봉에는 장막을 특별히 배설하였으며, 언덕 아래에는 왜선 12척이 정박하고, 모든 왜적이 칼을 들고 내려다보며 의기가 양양하더라.

이것을 쏘려한즉 적이 멀어서 쏘는 힘이 미쳐 가기가 어렵고, 나아가 충격코자 한즉 조수가 이에 물러가서 배가 가는 힘이 빠르지 못할 뿐 아니라, 저는 높은 데 있고 우리는 낮은 데 있어 지세가 또한 편리치 못한지라. 해를 돌아보니 서산에 거의 넘어가거늘, 이순신이 이에 제장에게 명하여 가로되,

---

47) 이억기(李億祺): 조선 선조 때의 무신(1561~1597). 임진왜란 때에 전라우도 수사로 이순신을 도와 옥포(玉浦), 당포(唐浦) 등의 해전(海戰)에서 크게 승리하였다. 정유재란 때에 한산도 싸움에서 전사하였다.

48) 장사진(長蛇陣): 조선 중국 손자(孫子)의 진법(陣法). 군사를 일렬로 길게 벌이고, 머리와 꼬리를 서로 상응하게 하여 전후좌우에서 서로 구원하도록 하는 형세임. 따라서 적이 앞을 공격하면 뒤에서 나와 구원하고, 중간을 공격하면 앞과 뒤에서 나와 구원하는 등의 장점이 있음.

"저 도적의 거만한 태도가 너무 심하니 중류로 유인하여, 나가서 쳐서 파함이 양책良策이라."

하고, 즉시 배를 돌리니 과연 왜적 수백 명이 배를 타고 달려 나오거늘, 즉시 거북선을 놓아 방포하고 돌격하며 죽기를 무릅쓰고 앞으로 나아가서 적선 수삼 척을 쳐서 침몰하니 저희는 크게 겁을 내어 다 도망하고 그림자도 없더라.

그 이튿날 6월 1일에 육지에 내려가 도적의 종적을 수탐하다가, 2일 진시辰時에 당포唐浦에 이르러 도적의 대선 9척과 중선·소선 합하여 12척이 나누어 정박하였는데, 그 중 한 큰 배 위에 층루層樓가 있으니 높기가 3, 4길이나 되고, 외면에는 붉은 장을 드리우고 왜장 한 사람이 엄연히 앞에 섰는지라.

거북선을 그 앞으로 직충하여 중위장中衛將 권준權俊[49]이 그 적장을 활로 쏘아 그가 거꾸러지니, 도적의 군사가 혹 철환을 맞으며, 혹 화살을 받으며 분주히 달아나거늘, 육지에 내려 쫓고자 할 즈음에 또 큰 왜선 20여 척이 작은 배 100여 척을 거느리고 거제도에 와서 정박하였다고 척후선斥候船[50]이 와서 고하거늘, 재촉하여 해면으로 나갈새,

---

49) 권준(權俊): 조선 중기의 문신 겸 무신이다. 본래 문관이었으나 이순신의 휘하에서 큰 공을 세웠다. 동지중추부사를 역임했다.

상거相距 5리나 되는데서 조선국 전라좌도수군절도사 이순신의 기가 날리는 곳에 그림자를 바라보고 일시에 도망하여 숨더라.

여러 번 싸워 연하여 승첩하매, 위엄과 이름은 크게 진동하였으나, 적병은 날로 더하고 우리 군사는 점점 피패해야 일진 장졸이 희허탄식함을 견디지 못하더니, 이날에 당포 외양에 도착하니, 호적 소리는 구름에 사무치고, 돛대 그림자는 공중에 날리는데, 이는 우수사 이억기가 전선 25척을 거느리고 와서 언약대로 모임이러라. 군중이 흔열欣悅51)하고 용약踊躍52)하며 이순신이 이억기의 손을 잡고 가로되,

"왜적이 창궐하여 국가의 존망이 호흡에 있거늘 어찌 그리 더디 오느뇨?" 하더라.

5일에 안개가 하늘에 가득하여 지척을 불변이러니, 늦은 후에 점점 걷히거늘 이억기로 더불어 도망한 도적을 쫓아 치기로 상의하고, 돛을 달고 바다로 나간즉, 거제에 사는 백성 7, 8인이 작은 배를 타고 와서 맞으며 가로되,

"민民들이 장군을 오래 기다렸노니, 장군이 아니면, 백성들의 부모가

---

50) 척후선(斥候船): 군사상의 필요에 의하여 적진의 형편을 살피는 배.

51) 흔열(欣悅): 기뻐하고 즐거워함.

52) 용약(踊躍): 좋아서 뜀.

도적의 칼에 어육이 되었을 것이요, 백성들의 처자가 도적의 철환에 참혹한 귀신이 되어 전라 일도가 크게 한 피비린내의 천지가 되었을 것이거늘 다행히 하늘이 장군을 내려 보내셨도다. 장군이여, 장군이여! 민들을 낳은 자는 부모이거니와 민들을 살린 자는 장군이니 장군도 또한 우리 부모이시니이다."

하며 이르되,

"당포에서 쫓겨난 도적이 당항포唐項浦에 가만히 정박하여 있으니, 장군은 일찍 신통하신 위엄을 분발하시어 민들을 살리소서!"

하거늘, 인하여 당항포 형세를 물으니,

"멀기는 십여 리쯤 되고, 넓기는 배를 용납할 만하다."

하는지라.

먼저 두서넛 척후선을 보내어 지리를 살피게 할새, 엄밀히 신칙하여 가로되,

"만일 도적이 쫓아오거든 거짓 쫓겨서 유인하여 나오게 하라."

하고, 대대大隊가 그 뒤를 따라가더니 척후선이 바다 어구에 겨우 나가며 신기포를 놓아 변變을 보하거늘, 전선 4척은 포구에 숨어있게 하고 대대가 옹위하여 들어간즉, 적병이 강을 끼고 양편 언덕 20여 리 되는 산록에 있는지라. 지형을 살펴본즉 심히 협착하지 아니하여 전선을

용납할만하더라.

모든 배가 차례로 들어가서 소소강召所江 서편 언덕에 이르니, 큰 검은 왜선 8척과 중선 4척과 소선 13척이 정박하였는데, 그 중 가장 큰 뱃머리에 삼층으로 널집을 짓고, 분벽단청이 절에 법당과 흡사하며, 집 아래는 검은 물을 들인 비단으로 휘장을 드리우고, 그 장에 흰 꽃으로 문채를 크게 그렸는데, 휘장 안에는 무수한 왜인이 벌려 섰고, 조금 있다가 또 큰 왜선 수 척이 내포內浦에서 나와서 한 곳에 모이니, 각선에 모두 흑기를 꽂았는 데, 기마다 '남무묘법련화경南無妙法蓮花經' 7자를 썼더라. 우리 배를 보더니 다투어 총을 놓거늘 각선이 에워싸고, 거북선으로 앞서서 충돌하여 이윽히 접전하여 승부를 미분한지라.

이순신이 가로되,

"만일 저희가 세력이 소진하여 배를 버리고 육지로 오르면 몰수히 잡기가 어려우리니, 우리는 거짓 패하여 군사를 물러나는 모양을 보이면 저희 필연 배를 옮겨 따르리니, 틈을 타서 좌우 협공하면 가히 온전히 이기리라."

하고, 일면을 던져버리고 군사를 물러나니, 과연 적선이 그곳으로 향하여 나오는지라. 각선을 감독하여 사면으로 나아가지 못하게 둘러싸고, 거북선으로 그 층각 있는 배에 직충하여 총을 놓으니, 층각 위에 높이 앉았던 적장이 '애고!'소리 한마디에 물에 떨어지며, 남은 배들은 다 창황하여 사방으로 흩어졌는데, 그 후에 항복한 왜인에게 들은즉 이번 싸움에 죽은 자는 곧 수길秀吉의 사랑하는 장수 우시축전수羽柴筑前守(하시바 치구젠노카미)라 하더라.

싸움을 더욱 독려하여 왜선을 모조리 분멸하고, 한 배를 짐짓 놓아 돌아보내니, 죽이면 죽이고 살리면 살리는 것이 무비 장군의 신통한 위엄이러라.

6일 새벽에 방답첨사防踏僉使 이순신李純信53)을 불러 가로되,

"어제 짐짓 놓아 보낸 배에 남은 도적이 당항포에서 산으로 올라간 도적과 합세하여 새벽에 가만히 범하리니, 그대는 이를 쳐서 모두 잡아라!"

이 첨사가 간 지 얼마 못되어 급히 보고가 왔는데, 과연 겨우 바다 어구에 나간즉, 왜인 수백 명이 한 배를 타고 그 중에 왜장은 나이 24, 25세 가량이오, 용모가 건위健偉하며, 복장을 화려히 하고, 칼을 짚고 홀로 서서 무리를 지휘하며 조금도 두려워하는 기색이 없거늘, 이 첨사가 여러 번 활을 쏘아 맞히니, 10여 차 살을 맞은 후에야, 비로소 한

---

53) 이순신(李純信): 조선 선조 때의 무신. 임진왜란 때에 이순신(李舜臣)의 중위장(中衛將)이 되어 공을 세웠고 뒤에 완천군(完川君)에 봉하여졌다.

소리를 지르고 물에 떨어지며, 그 남은 무리는 모두 물에 빠져 죽으니, 이순신李舜臣의 대적을 헤아림이 대개 이러하더라.

그 배를 수탐하여 본즉 배 안에 특별히 방을 꾸미고, 방안에 장막은 극진히 사치하게 하였으며, 한 작은 궤가 있거늘, 취하여 보니 그 배에 있던 왜장의 군사를 분배한 기록책인데, 합이 3천4십 명에 각각 피를 이름 밑에 찍어서 맹세하였더라.

이날에 비가 쏟아지고 구름이 어두워서 바닷길을 분별할 수 없음으로, 당항포 앞바다에 나가서 결진하여 군사를 쉬게 하고, 그 이튿날 영등포 앞바다에 이르러, 패하여 도망하던 왜선 7척을 만나서 모조리 침몰시키니, 이후부터는 적병이 이순신을 만나면 크게 두려워서 바라보기만 하면, 문득 달아나서 험한 곳을 지키고 나오지 아니하더라.

이때에 우리나라에서 옛적 진나라 법을 답습하여, 싸움에 대적의 군사를 죽여, 머리를 베어온 수가 많고 적은 것으로 그 공로의 대소를 분별하더니, 이순신이 가로되,

"그 머리를 베는 시간에 활을 한 번이라도 더 쏘는 것이 가하다."

하여 그 수급의 다소로 공을 분별하는 법을 개정하니라.

이번 싸움에 왜선이 패하여 침몰된 자가 82척이오. 주검이 바다를 덮었는데, 우리 군사는 죽은 자가 18인이요, 상한 자가 30인이러라.

제9장 이순신의 제3전(견내량見乃梁)

저 왜적이 바다를 웅거하여 종횡 출입하며 우리 군사로 하여금 대적하기에 피곤하게 하고, 우리 백성으로 하여금 수송하는데 수고스럽게 한 후에 천천히 그 피폐함을 타서, 취하려 하는 참혹한 계교를 품었더니, 뜻밖에 이순신을 만나서 싸우매 반드시 패하며, 지매 반드시 거꾸러져서 저의 회포가 그림에 떡이 되었더라.

풍신수길이 이 일에 대하여 이를 갈고, 휘하 제장을 불러 모으고, 이순신의 적수敵手를 물으니, 우희다수가宇喜多秀家(우키타 히데이에이)라 하는 자가 팔을 뽐내고 담당하기를 청하거늘, 수길이 허락하고 수군총대장水軍總大將을 삼고 살마도 군사 13만을 주어서 바다를 건너 서로 향하여 오니, 수가는 원래 수길을 좇아 각처 번藩54)국을 쳐서 여러 번 기이한 공을 세운 명장이러라.

---

54) 번(藩): 제후가 통치하는 영지(領地). 일본사에서는 에도시대(江戸時代) 당시 1만 석 이상의 영토를 보유했던 봉건영주인 다이묘(大名)가 지배했던 영역.

이순신이 이 소식을 듣고, 제장을 약속하여 일시 발선하여 남해 노량露梁에 이르니, 경상도 우수사가 전선 7척을 거느리고 와서 합세하니라.

7일에 고성固城 당포唐浦에 이르니, 산 위에서 머리 풀어 산발한 나무꾼 하나가 우리 배를 바라고 황황히 내려오며 가로되,

"나는 피란하여 오는 김천손金千孫이로소이다" 하며,

"그날 미시未時쯤 하여 도적의 배 70여 척을 고성 견내량에서 보았나이다."

하거늘, 제장을 신칙하여 그 곳으로 향하더니, 해양에 미쳐 가지 못하여 왜적의 선봉선 30여 척이 결진하고, 그 뒤에는 무수한 배가 어지러이 덮여 있더라.

이순신이 지형을 이윽히 보다가 제장을 돌아보며 가로되,

"바다가 좁고 물이 옅으니, 영웅의 군사를 쓸 땅이 아니라. 내 장차 저희를 쾌활한 대양 중으로 인도하여 멸하리라."

하고, 가판선 5, 6척을 지휘하여 또 적의 선봉을 엄습하는 모양을 보이니 각 선 왜적이 일시에 돛을 달고 쫓거늘, 우리 배가 거짓 패하여 달아나는 체하여, 대양 중으로 유인하여 나오니, 승패의 기틀을 이미 결단하였더라.

흉용洶溶55)한 물결은 장사의 의기를 고동하며, 광활한 바다 하늘은 장군의 회포를 돕는데, 높은 두 어깨에 4천 년 국가의 운수를 지고, 대대로 원수되는 왜적과 승부를 시험하니, 오호라! 대장부가 이에 이르매, 비록 죽은들 무슨 한이 있으리요? 승자총勝字銃56)을 한 번 놓으매, 거북선이 돌연히 나아가서 왜선 2, 3척을 쳐서 파하니, 모든 왜적은 혼을 잃고 우리 군사는 기운이 양양하더라. 순천부사 권준과 광양현감 어영담이 죽기를 무릅쓰고, 먼저 올라가서 왜장 2명과 왜병 22명을 베고 충각衝角57) 있는 배 2척을 쳐서 침몰하였으며, 사도첨사蛇島僉使 김완과 흥양현감興陽縣監 배흥립裵興立이 왜장 1명과 왜병 24명을 베고, 방답첨사 이순신李純信과 이기남李寄男과 윤사공尹思恭과 가안책賈安策과 신호申浩와 정운鄭運 등 제장과 군졸들이 개개이 분용하고 다투어 가며 앞서 나가서 크게 싸우기를 시험하였더라.

　1천 돛대는 바람에 날리고, 1만 총소리는 우뢰같이 발하여, 경각간에 왜병의 피에 바닷물이 다 붉었는데, 저 73척의 왜선이 1척도 완전

---

55) 흉용(洶溶): 물이 들끓어 오름.
56) 승자총(勝字銃): 1578년에 김지(金墀)가 발명하여 임진왜란에 사용한 휴대용 소화기(小火器).
57) 충각(衝角): 예전에, 적의 배를 들이받아 파괴하기 위하여 뱃머리에 단 뾰족한 쇠붙이.

한 자가 없고, 다만 접전할 때에 뒤에 떨어져 있던 배 몇 척이, 배를 불사르고, 장수를 베는 광경을 보고 노를 재촉하여 도망하여 갔더라.

웅천熊川 사람 제말諸末이 일본에 잡혀갔을 때에 대마도 공문을 본즉 왜병의 죽은 자가 8천 인이라 하였다 하더라.

이튿날 9일에 왜선 40여 척이 안골포安骨浦에 정박하였다고 정탐군이 와서 고하거늘, 이순신이 즉시 군사의 기운을 다시 고동鼓動하여 전라우수사와 경상우수사로 더불어 상의하고, 배를 재촉하여 앞으로 나아가다가 날이 저물매, 거제 온천도溫川島에서 밤을 지내고, 이튿날 10일 새벽에 안골포에 이르러, 그 운양선 59척을 유인하여, 나머지가 없이 불살라 멸하고, 그 병선을 향하여 또 싸움을 시작하니, 남은 도적이 선척을 버리고 일제히 육지로 내려 도망하거늘, 이순신이 또 가만히 생각하되, '만일 그 배를 모두 불사르면 저희는 반드시 내지內地에서 궁구가 되어 숨어 있는 인민을 살해하리라' 하고, 1리쯤을 물러가서 그 달아나는 길을 열어주니, 오호라! 어질도다. 나라를 사랑하는 자는 반드시 백성을 사랑하는도다. 이튿날 아침에 왜적이 패하여 달아난 곳을 살펴보니, 죽은 왜병의 시신을 12곳에 모아 쌓고 불을 질렀으되, 창황히 도망하는 중에 다 사르지 못하고 갔는데, 손목과 발목이 낭자히 헤어져서 사람으로 하여금 참혹한 마음을 동하게 하더라.

그 후에 우리나라 사람이 적국에 잡혀갔다가 돌아온 자의 말을 들은 즉, 왜적의 장수와 군사가 매양 칼을 빼어 전라도를 가리키며 이를 갈더라 하니, 저희는 어찌 하루라도 패하여 달아난 수치를 잊으리요마는 충무공 이순신이 바다 위에서 만리장성같이 있는 고로 저희는 심력만 수고하였더라.

이후부터 공의 위명이 적국의 아이 우는 것을 그치게 할 만하고, 군사의 향하는 바에는 싸우지 아니하고 이기는 고로 김해성 안팎에 주둔한 적도들이 하룻밤에는 포구에 고기 잡는 불을 멀리 바라보고, 전라좌수사 이순신의 군사가 온다 하고, 와전하여 도망할 지경에 이르렀더라.

제10장 이순신의 제4전(부산釜山)

임진·계사년(1592~1593) 간의 각처 번화한 도회처에는 왜인들이 흙을 쌓고 집을 지어, 혹 4, 5백 집 되는 곳도 있으며, 혹 2, 3백 집 되는 곳도 있어서 당당한 한국을 저의 집 식민지로 보는 것은 곧 당시 풍신수길의 욕심으로 이웃 의를 생각지 아니하고, 이름 없는 군사를 일으켜 발연히[58] 서로 범하다가 우리의 절대한 장수 이순신을 만나서 한 번 패하고, 두 번 패하고, 세 번 패하는 데까지 이르러서, 몇만 명 용맹한 군사를 모두 어복 중에 장사하였으니, 저희가 아무리 강하다 한들 어찌 감히 싸우기를 다시 생각하리요? 불과 삼십육계 중에 상책만 생각할 뿐이로다. 임진년 사기史記를 읽는 자가 부산 싸움을 보면 술잔을 높이 들고

"조선 만세, 조선 수군 만세, 조선 수군통제사 이순신 만세!"를 부를

---

58) 발연하다(勃然--): 왈칵 성을 내는 태도나 일어나는 모양이 세차고 갑작스럽다.

만하도다.

경상도 연해변에 왜적의 그림자가 영영 끊어지고, 각 지방에 가득하던 도적들이 낮이면 숨고 밤으로 행하여 도망할 생각으로 바닷가로 모였더라. 대적의 군함은 5백여 척이요, 대적의 군사가 십 수만이라. 이순신이 경상우도 순찰사 김쉬金晬의 관문關文을 받아 보고, 전라 좌우도 전선 합 74척을 정제하여, 계사년 1593년 2월 24일에 발선하여, 27일에 웅천 자포紫浦에 이르니, 고성·진해·창원 등지에 유둔하는 왜병은 전라도 군사가 온다 함을 듣고, 도망하여 간 지가 이미 수일이나 되었더라. 이튿날 새벽에 양산梁山과 김해 두 고을 앞바다로 향하더니 마침 그때에 창원 사람 정말석丁末石이 왜적에게 잡혔다가 밤을 타서 도망하여 와서 왜적이 가덕도加德島 북편 서녘 언덕에 은복隱伏하여 있다고 와서 고하거늘, 29일 새벽에 닭의 소리를 듣고, 배를 띄워서 가덕에 이른즉 종적이 묘연한지라. 장림포長林浦에 이르니 큰 왜선 4척과 적은 배 2척이 있거늘, 큰 배 1척을 쳐서 파하고, 좌우로 군사를 나누어 두 강으로 들어가고자 한즉, 강 어구가 좁아서 싸움을 용납하기 어려움으로 군사를 물리고, 9월 1일에 몰운대沒雲臺를 지나다가 동풍에 파도가 흉용한 데서 큰 왜선 5척을 쳐서 파하고, 다대포多大浦에 이르러 큰 왜선 8척을 쳐서 파하고, 서평포西平浦에 이르러 큰 왜선 9

척을 쳐서 파하고, 절영도絶影島에 이르러 큰 왜선 2척을 쳐서 파하고, 부산 앞바다에 이르러 탐지한즉 왜선이 대개 5백여 척이라. 선창 동 편에 선봉 큰 배 4척이 초량항草梁項에서 왕래하거늘, 이순신이 원균과 이억기로 더불어 약속하여 가로되,

"우리 군사의 위엄으로 어찌 이것을 치지 아니 하리요?"

하고, 기를 들어 싸움을 독려하니, 우부장 녹도만호 정운과 거북선 돌 격장 군관 이언량李彦良과 전前 부장 방답첨사 이순신과 좌부장 신호 등이 먼저 앞으로 나가서 선봉선 4척을 우선 쳐서 파하고, 이김을 타 서 장사진법으로 돌진하나, 동으로 5리쯤에 결진한 왜적이 우리 군사 의 위풍을 바라보고 감히 나오는 자가 없고, 우리 군사가 그 앞으로 곧 나아가 충돌한즉 모든 도적이 일시에 산으로 기어올라가서 6곳으 로 나누어 진치고, 내려다보며 총을 놓으니, 탄환이 우박같이 내리며, 혹 편전도 쏟아져 우리 배를 많이 맞히는지라.

우리 배의 모든 군사의 분기가 더욱 심하여 죽기를 무릅쓰고 다투어 충돌할 새, 장군전將軍箭[59], 피령전皮翎箭[60], 장편전長片箭[61], 소철환小鐵

---

59) 장군전(將軍箭): 쇠붙이로 만든 화살. 순전히 철로 만들었고, 무게는 3~5근이 다. 쇠뇌(弩砲:노포)로 발사하여 적선을 파괴하는 데 사용하였다.

60) 피령전(皮翎箭): 고려 후기 최무선(崔茂宣)이 발명한 포탄 발사용 화살. 황자총 통(黃字銃筒)에 장전하여 사용했다.

丸. 대철환大鐵丸 등 각색 화살과 도총 탄환을 일제히 발하며, 종일토록 크게 싸워서 왜선 1백여 척을 파멸하니, 왜적이 그 죽은 시체를 불사르는데, 그 냄새가 수백 보에 가득하더라.

날이 어두우매, 좌우 도적에게 앞뒤로 침략을 받을까 염려하여, 대장으로 더불어 배를 돌려서 3경에 가덕도에 이르러 밤을 지내고, 이튿날 다시 그 소굴을 몰수히 소탕할 계교를 생각할 새, 다만 물에서 패하면 육지로 달아나고, 육지에서 패하면 물로 달아나는 것은 저 도적의 장기라. 이제 도적의 배만 다 분멸하면, 저희는 반드시 육지에 올라가서 노략질을 행하리니, 그런즉 생령62)의 가혹한 화가 또 어떠하리요. 이공이 이것을 깊이 경계하여, 경상도 육군 제장과 수륙이 함께 치기를 기약하리라 계교를 정하고 싸움을 잠시 정지하니라.

이번 싸움은 비록 마지막 궁구를 토평한데 불과하나 적군의 사상자는 한산도 싸움보다 적지 아니하더라.

승전고 소리는 귀에 양양한데, 온 백성이 한 목소리로 이 장군을 찬송하니 대장부의 영광이 이에 이르러서 극진하도다. 그러나 이때에 이순신의 흉중에는 바늘이 찌르는 듯 하고, 1만 화살이 꽂힌 듯 두 줄

---

61) 장편전(長片箭): 긴 화살인 장전(長箭)과 아기살인 편전(片箭)을 말함.
62) 생령(生靈): 살아 있는 백성. 생민(生民).

기 슬픈 눈물이 눈에서 방방히 흐르니, 이는 무엇을 위하여 이같이 하느뇨? 가로되, 녹도만호 정운의 전사함을 슬퍼함이로다. 정운은 변란이 일어난 이후로 이순신과 뜻을 같이 하고 일을 같이 하던 사람인데, 그 충의가 금석을 꿸 만하여, 매양 싸움을 당하매, 몸을 분발하여, 먼저 나아가서 큰 도적을 한 입으로 삼키지 못함을 한하며, 자기 한 몸의 죽고 사는 것은 도외度外로 부치는 사람이라, 이번 싸움에 도적의 굴혈을 무릅쓰고 돌진하다가, 무도한 도적의 탄환에 머리를 맞아서 드디어 죽으니, 이공이 글을 지어 제사하고 그 애통함은 이루 형언키 어렵더라.

제11장 제5전 후의 이순신

5, 6년 동안 웅장한 칼로 강한한 대적을 찍어 넘어치고, 팔도 생령을 안도케 하였으니, 그 공열이 과연 어떻다 하겠느뇨? 대개 이때에 이순신이 바다 위에서 지낸 지가 3년이라. 글 한 귀를 읊으니,

"바다를 맹세하매 고기와 용이 동하고, 산을 맹세하매 풀과 나무가 안다.(서해어룡동誓海魚龍動 맹산초목지盟山草木知)"

하며 가로되,

"만일 이 원수를 멸하면 죽은들 무슨 한이 있으리요?(차수약멸此讐若滅 수사하감雖死何憾)" 하여,

"낮이면 앉지 아니하고 밤이면 자지 아니하며, 먹으매 달지 아니하

고 병들매 눕지 아니하여"

바다 위에 가을바람에 백발을 어루만지니, 나라를 위하는 장한 뜻을 저으기[63] 갚았다 하리로다.

이때에 조정에서 이순신의 공을 상줄 새, 경상·전라·충청 삼도 수군통제사를 임명하여, 삼도수사로 하여금 모두 그의 결제를 받게 하였더라. ≪사기≫를 보는 자가 이에 이르매, 반드시 춤을 추게 상쾌히 여겨 가로되,

"이충무공이 전일에는 일개 전라도 좌수사로도 능히 대공을 이루었거든, 하물며 이제 삼도 수군통제사를 하였으니, 무엇을 쳐서 항복 받지 못하며, 전일에는 전라 좌도의 적은 수군으로도 능히 싸움을 이기었거든 하물며, 이제 삼도 수군 전부를 통할하였으니 무엇을 싸워 이기지 못하며, 전일에는 병권이 온전치 못하고 군령이 전일치 못할 때에도 능히 공을 이루었거든 하물며 이제 병권이 이미 온전하고 군령이 전일하게 되었으니 무엇을 쳐서 이기지 못하며, 전일에는 군사의 힘이 떨치지 못하고 위령이 드러나지 못한 때이로되 능히 공을 이루었든 하물며 이제 여러 번 이긴 형세를 가지고 저 쇠잔한 도적을 압도

---

63) 저으기: '적이(꽤 어지간한 정도로)'의 잘못.

하는 때라 무엇을 불러 항복 받지 못하리요?"

하겠으니, 그 실지 이허裏許를 궁구하면 통제사 된 이후가 전보다 어렵고 싸움을 이긴 이후가 이기기 전보다 어렵도다.

듣는 자는 혹 믿지 아니하는가? 내 이것을 자세히 의논하리라. 이순신의 장계狀啓64)에 가로되,

"상년 6, 7월간에 6만이나 되는 군사가 경기에서 모두 망하고, 병사의 거느린 바 4만 명 군사가 또한 모두 춥고 굶어서 망하였는데, 이제 순찰사가 또 정병을 거느리고 북으로 향하였으며, 의병장 5인이 서로 이어서 군사를 일으키니, 이로부터 일대가 소동하고 공사가 탕진하며, 비록 노약자가 있다 하나 병기와 군량을 수송할 때 채찍과 매가 따르므로 도랑과 구렁에 나뒹구는 사람이 허다한데, 그런 중에 소모사召募使가 내려와서 내지內地와 연해沿海를 분별치 아니하고 군정을 독촉한다."

하였으며, 또 가로되,

"연해 각 진에서 지경을 쓸어서 바다로 내려간 것이 4만 명에 지나지 못하는데, 모두 농민이라. 농사를 폐하고, 다시 추수할 여망이 없

---

64) 장계(狀啓): 조선시대 관찰사·병사·수사 등 왕명을 받고 외방에 나가 있는 신하가 자기 관하의 중요한 일을 왕에게 보고하거나 청하는 문서.

는지라. 우리나라 팔방 중에 오직 호남이 그나마 완전하여 군량이 모두 이곳으로 말미암아 이바지하는데, 이곳 장정은 모두 수군과 육군에 부역하고, 늙은 자와 어린 것들이 양식을 운반하여, 밭에 봄이 지나도록 적적무인하매, 백성이 실업만 할 뿐 아니라 군량과 국고재정이 또한 날 데가 없다."

하였으니, 각 군郡, 각 읍邑의 피폐함을 가히 알 것이요, 또 가로되,

"명나라 군사가 남도로 내려오매, 여항閭巷[65]에 출몰하며 재물을 겁탈하며, 들 곡식을 손상하여 지나는 곳에 판탕하매, 무지한 백성이 풍문만 듣고 흩어진다."

하였으니, 이웃나라의 구원병의 작폐함을 가히 알 것이오. 또 가로되,

"금년에는 도적이 험한 곳을 지키고 있어서 감히 나오지 아니하니, 해상에서 주리고 파리한 군사로 저 굴혈에 처한 도적을 침이 그 형세가 심히 어렵다."

하였으니, 그 도적을 멸할 방침도 심히 곤란함을 가히 알지라.

이때를 당하여 전국 상하가 섶에 누어서 쓸개를 맛보며, 군사를 조발調發하고, 양식을 주획하여 급급 분발하기에 겨를이 없을 터이거늘

---

65) 여항(閭巷): 백성의 살림집이 많이 모여 있는 곳. 여염(閭閻).

조정 형편을 보면 과연 어떠한가?

의주 한 모퉁이에서 본국지경이 다 진하였으니, 장차 어디로 갈꼬? 군신이 서로 붙들고 통곡하다가 다행히 내지에 군사가 피를 흘리고, 이웃나라의 구원하는 힘으로 옛 도읍에 돌아오던 이튿날이라. 어제는 무슨 욕을 당하였던지 오늘에나 잠깐 즐기리라 하며, 내일은 무슨 재앙이 돌아오든지 오늘에는 또 잠이나 자리라 하여, 형제간에 집안에서 쓸데없는 시비나 가리며, 불공대천의 원수를 잊어버리니, 군자의 임진任辰 사적을 보는 자가 이에 이르러 책을 놓고 눈물을 흘리지 않을 자가 있으리요? 그러나 훼방하고 작희함을 인하여 주저하거나 뒷걸음 치는 자는 영웅이 아니라, 충무공 이순신이 수년간 배포한 것을 볼지 어다.

한산도는 요해처이요, 대적을 막는 긴요한 곳이라 하여, 이곳으로 옮겨 진을 치고, 주야로 그곳에서 군사를 연습할 새, 항상 '충의' 두 가지로 격려하며, 조정에 주청奏請하고 진중陣中에서 무과를 보게 하고, 인재를 선택하며 군사의 마음을 권장하고, 백성을 모집하여 소금을 굽고, 독을 구어서 곡식을 사서 쌓고, 동철을 캐기도 하고 사기도 하여 총을 제조하며, 또 염초와 화약을 널리 모집도 하고 고으기도 하여, 각영, 각 진에 나누어 주며, 항복한 왜인의 총 잘 쓰는 자를 택하여 우리 군사로 하여금 그 기술을 배우게 하며, 적의 군기가 우리보다 낫다 하여 왜총과 왜탄矮箭을 모방하여 짓게 하며, 떠도는 백성을 불러 모집하여, 돌산突山 등지 둔전屯田을 경작하게 하여 한편으로는 그 백성의 생업을 편안케 하고, 한편으로는 군량을 자뢰資賴66)하며, 승도의 의병을 각처로 파송하여 요해처를 파수케 하며, 수륙의 요해처를 조목조목 진술하여 조정에 주청하여 채용하기를 기다리며, 전선戰船을 더 지어서 수군을 더 모집하며, 연해변에 있는 군량과 병기를 다른 도로 옮기는 것을 주청하여 막아서 해군의 성세聲勢를 장하게 하며, 정탐을 사방으로 보내어 왜적의 동정을 살피더라.

이후로 군량이 넉넉하고 군사의 기운이 양양하여 한 번 싸우기에 넉넉하니, 만일 여러 소인들이 연속 모함하지 않았다면, 1천 군함과 1백 장수로 일본을 곧 무찌르겠다 한 이충무공의 장계의 일을 실지로 보았을진저.

---

66) 자뢰(資賴): 밑천으로 삼음.

제12장 이순신의 구나拘拿

　선묘 정유(1597) 정월 26일에 조선 충청·경상·전라 삼도 수군 통제사 이순신을 나처拿處[67])하라시는 명이 내려서 5, 6년을 창검槍劍 중에서 좌우 주선하여, 군량 몇 만 석(≪사기≫에 '진중陣中 소유가 9천9백14석, 밖에 있는 제장이 가지고 있던 것은 논하지 않았다' 하더라)과 화약 몇 만 근과 도총 몇 천 병과 군함 몇 백 척을 용렬한 장수 원균에게 붙이고, 2월 26일에 함거를 타고 서울로 향할 새, 지나는 길에 백성이 남녀노소가 그 앞을 막고 호곡하여 가로되,

　"사또, 사또여! 우리를 버리고 어디로 가나이까? 사또가 우리를 놓고 가시면 우리는 죽을 따름이라."

하고, 곡성이 하늘에 사무치더라.

　백성의 마음을 어기고 장성을 스스로 헐어서 적국의 즐거함을 이바

---

67) 나처(拿處): 중죄인을 의금부(義禁府)로 잡아들여서 조치를 취함.

지하니, 이는 어떤 사람이 이런 재앙을 지어내었는가? 혹 이르되 행장

行長의 이간이라 하나 무릇 물건이 썩은 연후에야 버러지가 나나니, 우

리 조정에 틈이 없으면, 행장이 비록 간사한들 어찌 이간을 하리요?

고로 나는 가로되,

"이충무의 구나拘拿68)를 당함으로 행장을 탓함이 옳지 않다."

하는 바이며, 혹은 가로되, '원균이 모함함이라.' 하나, 한 사람의 손으

로 만인의 눈을 가리기 어려우니, 조정이 명백하면 원균 비록 시기하

나 어찌 그 악을 행하리요?

　그런고로 나는 가로되,

"이충무의 구나를 당한 것은 원균의 죄가 아니라."

하노라.

'이충무의 구나를 당한 것은 행장의 죄도 아니요, 원균의 죄도 아니

라 하니, 그런즉 이것이 뉘 죄인가?'

하면, 나는 감히 한 말로 결단하여 가로되,

"이는 조정 대신의 사사로이 당파黨波된 자들의 죄라."

하노니, 선묘조 등극 동안에 조신들이 당파를 나누어 공변된 의리는

---

68) 구나(拘拿): 죄인(罪人)을 잡음.

물리치고, 사사로운 소견만 다툴 새, 이 당파가 득세하면, 저 당파의 하는 바는 시비와 곡직을 물론하고 모두 배척하는 고로, 왜적이 동한다 아니 동한다 하는 문제는 하등 중대한 문제인데, 당초 황윤길黃允吉·김성일金誠一이 일본에 사신 갔다가 오던 날에, 윤길의 당은 윤길을 따라서 '왜가 동한다' 하고, 성일의 당은 성일을 따라서 '왜가 반드시 동하지 아니한다' 하였으니, 외양으로만 보면 반드시 동한다 한 자를 반드시 동하지 아니한다 하는 자에 비하면, 그 의견을 같이 말할 수 없을 듯하나, 그 실상을 궁구하면 50보로 100보를 웃는데 지나지 못하니, 어찌하여 그러한가 하면, 내가 의미가 있어서 반드시 동한다 함도 아니며, 지각이 있어서 반드시 동한다 함도 아니며, 나라를 위하고 백성을 위하는 마음에 외적의 우환이 박두한 것을 놀라서 반드시 동한다 함도 아니요, 불과 저희는 저희 당黨을 쫓고 나는 나의 당黨을 쫓음이니, 까마귀의 자웅을 누가 분변하며, 방휼蚌鷸[69]의 화복을 어찌 알리요? 이제 이충무공이 구나를 당한 것은 조정의 한 사사 당파에서 난 것이니, 오호라, "난 이 하늘로서 내려오는 것이 아니라, 사람이 스스로 부르는 바이라" 한 옛말이 과연 나를 속이지 아니하였도다.

---

69) 방휼(蚌鷸): 방합과 도요새. ≪전국책(戰國策)≫ 연책(燕策)에 보면 도요새가 조개의 속살을 먹으려고 부리를 조가비 안에 넣은 순간 조개가 꼭 다물고 서로 싸우는데 어부가 와서 손쉽게 다 잡아갔다는 고사가 있음.

비록 그러나 승평한 시절에 집 속에서 한가한 싸움을 하는 것은 오히려 가능하다 하려니와 이제는 큰 도적이 물러가지 아니하고, 나라의 명맥이 소성되지 못하여, 혹 한 걸음이라도 넘어지면 당장에 사망이 이르게 된 이때에도 전일 악습을 버리지 아니하고, 정부 일국一局을 서로 시기하고 미워하는 당파로 나누어서, 일파는 동으로 가고 일파는 서로 가니, 저 강퍅한 원균이 이것을 이용하여 이순신을 배척하였으며, 저 흉괴간특한 가등청정加藤淸正(가토 기요마사)과 소서행장小西行長(고니시 유키나가)이 또 이것을 이용하여 이순신을 모함하였도다.

풍신수길이가 우리나라에 난을 더한 이후로 수백 년을 군사에 단련치 못한 인민이 졸지에 이것을 당하매, 왜국빛만 보아도 쥐 숨듯 하며, 왜국말만 들어도 새 헤어지듯 함으로, 곽제우郭再祐·김덕령金德齡·박진朴晋·정기룡鄭起龍 같은 절세 장사로도 이 백성을 고동하고 훈련하여, 몇 해 후에야 백성의 기운이 비로소 떨치고, 백성의 기운이 겨우 떨치며 왜적이 문득 퇴거한 고로, 그 싸움한 역사가 불과 헤어져 있는 도적이나 쳐서 파하여 밖으로 형세를 베풀어 도적으로 하여금 두려워하게 할 뿐이요, 격렬한 큰 싸움으로 도적을 소탕하고 바다 물결이 조용하게 함은 능히 못하였으며, 권율權慄의 행주 싸움과 김시민金時敏의 진주 싸움에 수만 적병을 죽여 청정과 행장의 담이 떨어지게 하였으나, 이도 또한 휘하에 몇 천 명 훈련한 군사를 의지함이요, 또 주객의 형세가 있음이거니와, 이충무공은 군사의 훈련하고 아니함도 묻지 아니하고, 형세의 싸울 만하며 지킬 만한 것도 불구하고, 한 칼을 끌고 바다 위에 외로이 서서 약소하고 파리한 군사로 날마다 더 오고 달마다 더 오는 도적을 항거하는데, 지키매 반드시 굳게 하고, 싸우매 반드시 이기며, 그치매 산과 같이 고요하고, 움직이매 번개같이 빠르며, 나아가 치매 매와 같이 하고, 깃발을 둘러 지휘하는 바에 적국이 진동하는 중이라.

당시에 풍신 씨의 장졸이 이 통제사의 이름을 대하매 공경하여 머리를 숙이고, 한하여 이를 갈며, 놀라서 담이 떨어지고, 두려워하여 그 말을 나직이 하는 고로 매양 싸움을 당하매, 멀리 경례하여 가로되, "장군의 수전水戰이여, 기이하고 장하도다"하고, 싸움을 패하매, 창검을 버려서 공경하는 뜻을 표하여 가로되, "장군은 천신天神이라, 천하에 대적할 이가 없다" 하며, 수륙 각처에 주둔한 왜인은 칼을 뺄 때마다 전라도를 가리키고, 이를 갈며 눈물을 흘리고 가로되 "우리 원수가 저기 있다" 하였으니, 저희가 조선에 들어온 이후로 이 통제사를 혹 하루라도 잊어버린 때가 있었는가? 이러므로 이 통제사의 가슴에 향하여 찌르고자 하는 왜인의 창이 몇 십만 개인지 알 수 없지마는 창은 부러져도 이 통제사는 죽지 아니하며, 이 통제사의 목에 겨누는 왜인의 칼이 몇 십만 자루인지 알지 못하건마는 칼은 부서져도 이 통제사는 죽지 아니하며, 이 통제사의 몸에 향하여 쏘고자하는 왜인의 화살이 몇 천만 개인지 알 수 없지마는 화살은 다할지언정 이 통제사는 죽지 아니하니, 적의 천만 가지 독한 계교가 모두 헛일이 되매, 수길은 하늘을 우러러 탄식하고, 행장은 마음이 탈 뿐이다가, 이제 조선 군정에 이같이 좋은 기회를 얻어 들으니 그 뜻을 폈으며, 원균은 선진한 장수로 그 지위가 도리어 이충무의 아래가 되매, 항상 시기하고 불평한 마음을 품고 이순신의 행동을 비방하며 계책을 훼방하고, 조정 세력가들을 처결하여 이순신을 모함하는데, 조신 중에 원균을 돕는 자는 그 세력이 강하고 이순신을 돕는 자는 그 세력이 약한지라. 이같이 가히 엿볼 만한 틈이 없어도 저희가 오히려 구하리어늘, 하물며 이런 틈이 있으니 저희는 어찌 공연히 묻지 아니하리요? 풍신수길이 즉시 소매를 떨치고, 희색이 만면하여 가로되,

"나의 원수를 갚을 기회가 이르렀도라!"

하고 소서행장에게 계교를 주었더라.

소서행장의 부하에 있는 요시라要時羅가 경상우병사 김응서의 영문에 와서 정성으로 납관納款[70]하기를 원하는데, 우리나라 의복을 입고 우

리나라의 갓을 썼으니 엄연한 우리나라 사람이라. 적진 소식을 일일이 전하고, 행장이 화친하기를 구하고자 하는 뜻을 전하며, 한 번 김응서와 일차 상면하기를 구한다 하거늘, 김응서가 권원수 율에게 보고하였더니, 권원수가 조정에 말하고 응서로 하여금 가서 왜정을 정탐하라 하는지라. 응서는 100여 졸을 거느리며 행장은 수백 졸을 영솔하고 만나볼 새, 행장 등 모든 왜인이 다 우리나라 의관을 하고 화친함을 간걸하며 가로되,

"전후의 화친할 의논을 이루지 못한 것은 모두 청정의 죄라. 내가 그 사람을 죽이고자 한지 오래 돼, 그 틈이 없더니 이제 청정이 일본에서 다시 오는지라. 나는 그 오는 때를 탐지하여 귀국에 지시하리니, 귀국은 통제사 이순신을 명하여 바다 가운데서 맞아 치면, 그를 잡아 베기 어렵지 아니하리니, 조선의 원수를 가히 갚을 것이요, 나의 마음이 또한 쾌하리라."

하고 은근히 간걸하거늘, 권원수權元帥가 이 말을 조정에 보고하여, 조정에서 이순신에게 신칙申飭71)하였더라.

이공의 명견만리하는 눈이 어찌 이런 간계에 빠지리요? 그러나 조

---

70) 납관(納款): 온 마음을 다하여 좇음.
71) 신칙(申飭): 단단히 타일러서 경계함.

정의 상태를 보매, 밝혀 변명하여 쓸데없는 지라. 분울한 회포를 홀로 품고 해상에 앉아 탄식만 하더니, 얼마 못되어 행장이 사람을 보내어 고하되,

"청정이 이미 장문포長門浦에 와서 정박하였으니, 급히 가서 치라!"

재촉하거늘, 이순신이 의심을 두고 즉시 발하지 아니하였더니, 제 몸이나 처자나 생각하고 방 속에서나 큰 소리를 하는 무리들은 본래 그입만 살아서 준론을 발하여, 이순신이 짐짓 도적을 놓아 보낸 것으로 죄를 정하고자 하며, 또 호남을 순찰하는 어사御使는 공을 미워하는 자의 재촉을 듣고 장계를 올리되,

"청정의 배가 섬에서 7일을 걸려 운동치 못하는 것을 이순신이 즉시 치지 아니한 고로 놓쳐 보내었다."

하니, 이에 조정의 준론이 대발하여 나처하라는 명이 내리니, 왜적의 흉특한 계책이 마침내 시행되었도다.

영의정 정탁鄭琢이 상소하여 구원하여도 무익하고, 도체찰사都體察使 이원익李元翼이 장계하여 구원하여도 쓸데없고, 유성룡은 구원코자 하다가 천거한 혐의로 도리어 해를 볼까 하여 탄식만 하고 할 말을 못하더라.

3월 4일 저녁에 옥문에 장차 들어갈 새, 친척이 혹 와서 영결하여 가

로되,

"일을 측량키 어려우니 장차 어찌할까?"

하거늘, 이순신이 가로되,

"죽고 사는 것은 명이니, 죽으면 죽을 따름이라."

하더라.

금부에 갇힌 지 26일에 사赦하라시는 영이 내리지 아니할 뿐 아니라, 천의가 또 어떠하실는지 알기 어렵더라. 5, 6년을 공으로 더불어 나랏일에 함께 죽기로 손을 잡고, 함께 맹세하던 전라도 우수사 이억기가 편지를 보내어 문후할 새, 하인을 보내며 가로되,

"수군이 오래잖아 패하리니, 우리는 어디 가서 죽을 바를 알지 못하노라."

하고, 눈물이 옷깃을 적시더라.

오호라! 이충무 한 사람의 죽는 것이 어찌 이충무 한 사람의 죽는 것뿐이리요? 곧 이억기 등 제장의 죽는 것이며, 또한 어찌 다만 이억기 등 제장이 죽는 것뿐이리요? 곧 삼도수군의 죽는 것이며, 또 어찌 삼도수군의 죽는 것 뿐이리요? 곧 전국 인민의 죽는 것이로다. 그런고로 남도 군민이 밤마다 하늘에 고하여 이순신 대신 자기 몸이 죽기를 원하는 자가 심히 많더라.

제13장 이순신이 옥에 들어갔다가 나오던 동안 집과 나라의 비참한 운수

"나라에 충성을 다하고 죄가 이르며 부모의 효도를 하고자 하여도 부모가 이미 없어졌다(갈충어국이죄이지竭忠於國而罪已至 욕효어친이친 역망欲孝於親而親亦亡)." 하는 말을 백세지하에 읽어도, 사람으로 하여금 슬픈 눈물을 오히려 흘리게 하는도다.

대저 국가가 큰 액운을 당하여 중생을 구제할 장한 회포로 부모와 처자를 하직하는 것이 대장부의 당연히 행할 일이나, 그러나 아무리 군중에 일이 많고 공총한 중이라도 매양 머리를 돌려 그 부모와 처자를 생각하매, 어찌 마음이 아프지 아니하리요? 그런고로 이충무의 일기를 볼진대, 매일에 그 모친이 안녕이라 하기도 하고, 모친이 미녕이라 하기도 하며, 혹 여러 날 안후를 듣지 못하니 답답하다 하였으니, 이충무공의 본뜻은 공을 이룬 후에 벼슬을 하직하고, 그 모친을 봉양하며 지난 일을 이야기하기를 바랐더니, 애닯도다, 하늘이여! 착

한 사람을 돕지 아니함인가. 이순신의 잡혀서 간혔다는 소식을 그 모친 변 부인이 듣고 근심함으로 인하여 병을 얻은지라.

4월 1일에 이순신이 옥문에 나와서, 백의로 원수의 막하에 가서 공을 세워 죄를 속량하라시는 명을 받들고 해상으로 갈 새, 병든 모친과 한 번 상면코자 하는 마음이 어찌 없으리요마는 조정법에 허락지 아니함을 어찌 할 수 없이 금부도사禁府都事를 따라서 4월 13일에 길을 떠날 새, 집 하인이 와서 모부인의 부음을 전하는데, 그 상사난 지 이미 이틀이나 되었더라.

금부도사禁府都事에게 애걸하여 영정에 한 번 통곡하고, 성복成服한 지 사흘 만에 떠나가니라.

이충무의 일기를 보다가 이 구절에 이르러 눈물을 흘리지 아니할 자가 있으리요? 명나라 말년에 원숭환이 일찍 사람에게 말하되,

"나는 어떤 사람인고? 10여 년래로 부모가 자식으로 보지 못하고, 형제가 형제로 알지 못하며, 아내가 남편으로 알지 못하고, 아들이 아비로 보지 못하니, 나는 어떤 사람인고? 나는 곧 대명국大明國에 한 망명하여 나온 자이라 함도 가하다."

하였으니, 이 말이 자자구구이 피눈물이 흐를 만하다 할지나, 이충무의 이정경에 비하면 오히려 낫지 아니한가? 모친이 죽으매 임종을 못

하고, 아들이 죽어도 듣지 못하며, 몸이 또한 이 지경이 되었으니, 오호라! 자고로 나라를 붙들고 백성을 구원하는 대영웅은 어찌 역경이 이같이 많은고? 그 달 27일에 도원수 권율의 진으로 가니라.

전일 바다 위에서 통제사의 부월斧鉞을 잡고 삼도 수군을 지휘하던 이순신이 이제 다른 사람의 관하에서 한 군사가 되어, 동으로 가나 서로 가나 남으로 가나 북으로 가나 남의 명을 기다려 하니, 영웅의 회포가 마땅히 어떠할까? 비록 그러나 이충무는 하늘이 보내신 신인神人이라, 죽고 사는 것도 또한 도의로 알거든 하물며 잠시의 영욕을 개의하리요.

다만 눈물을 흘리고 통곡할 자는 나라의 비참한 운수와 집의 비참한 운수를 함께 당함이라, 단기필마로 풍우를 무릅쓰고 초계草溪에 이르러 육군 장졸과 서로 주선하매, 수군의 소식은 꿈결 같고 마음만 상할 뿐이러라.

7월 14일에 우리 배가 절영도絶影島 앞바다에서 왜선 1천5백 척과 싸우다가 7척이 거처 없이 떠갔다 하며, 15일에 우리 배 20척이 또 도적에게 패하였다 하고, 또 16일에 우리 군사가 왜적과 싸우다가, 대장 원균이 배를 버리고 먼저 도망함으로 각선 제군졸이 일시에 헤어지니 제장의 죽은 자가 심히 많고, 이순신과 여러 해 고락을 함께하던 전라

우수사 이억기도 또한 이 싸움에 죽었다는 소식을 군관 이덕필李德弼

이 와서 전하니, 순신이 분한 눈물을 뿌리며 칼을 치고 앉았더니, 권

원수가 와서 물어 가로되,

"일이 이 지경에 이르렀으니 장차 어찌할꼬?"

순신이 가로되,

"나는 연해 지방에 몸소 가서 한 번 적세를 살핀 후에 방략을 정하리

라."

한데, 원수가 허락하거늘, 이튿날 19일에 단성 동산산성東山山城에 올

라가서 형세를 살피고, 20일에 진주 정개산鼎蓋山 아래 강정江亭에서 유

숙하고, 21일에 일찍이 떠나 곤양군昆陽郡에 이르니, 고을 백성이 이

난리 중에도 실업을 부지런히 하여, 혹 밭에 김을 매고, 혹 이른 곡식

을 거두거늘, 순신이 지나다가 두 번 절하고 가니라.

오정 후에 노량에 이르니, 거제 군수 안위安衛등 10여 인이 와서 서

로 보고 통곡하거늘 그 패한 이유를 물은즉, 다 가로되,

"대장이 도적을 보고 먼저 달아난 까닭이니이다."

하거늘, 인하여 배 위에서 잘 새, 분격함이 가슴에 맺혀서 밤이 새도

록 눈을 붙이지 못하더라.

26, 27 양일에 비를 무릅쓰고 정성鼎城에 이르러, 원수의 파송한 군

대를 보니, 창과 총도 없고 활과 살도 없이 적수공권赤手空拳으로 몇 사람만 있더라. 8월 5일에 옥과玉果에 이르니 피란하는 인민이 도로에 가득하거늘, 말에 내려서 고을로 들어가 안도하라 타이르고, 6일에 군관 송대립宋大立을 보내어 도적의 정형을 탐지하고, 7일에 순천順天으로 향하다가 패하여 돌아오는 군사 1인과 말 3필과 화살 약간을 거두어 가지고 곡성谷城, 강정江亭에 와서 유숙하니라.

8일 새벽에 길을 떠나 부유창富有倉에 이른즉, 병사 이복남李福男이 도적의 창궐함을 겁하여 창에 불을 지르고 도망하였는데, 다 타고 터만 남아있어 소견이 참담하더라. 순천에 이른즉 고을 관리가 모두 도망하여 성 내외에 인적이 고요하나 관사와 창곡과 군기 등은 여전히 있는지라. 이순신 가로되,

"우리가 간 후에 왜구가 이것을 빼앗으리니, 이대로 두는 것이 옳지 않다."

하고 모두 땅 속에 묻고, 편전片箭 약간만 군관에게 나누어주고 이에서 유숙하니라.

9일에 낙안樂安에 이르니, 병사는 도망하고 읍리는 불이 나서, 경상이 슬프고 참혹한 중에 관리와 촌민들이 전날 장수 이순신이 온다 함을 듣고, 고통에 빠진 자가 구주의 복음을 들은 듯이 풀숲과 돌구멍에

서 나와 말 앞에 와서 모여 음식을 다투어 드리는 것을 받지 아니하랴
한즉, 울며 억지로 드리더라.

17일에 장흥長興에 이르러, 백사정白沙汀에서 말을 먹이고 군영軍營 구
미에 이르니, 일대 인민이 모두 도망하고 개짓는 소리도 없더라.

도적의 기세는 바다에 가득하고 군사와 백성은 기운과 마음이 흙같
이 무너졌으니, 영웅의 눈에 눈물이 스스로 흐르는도다.

이 글을 읽는 자는 눈을 크게 뜨고, 다시 오는 이 통제사의 수단을
볼지어다.

제14장 이순신의 통제사 재임과
명량鳴梁에서 대승첩

8월 3일에 한산도에서 패한 소식이 들리매, 조정과 백성이 진동하는 지라.

주상이 급히 제신을 명초命招하사 계교를 물으신데, 다 황황망조하여 감히 대답하는 자가 없더라.

경림군慶林君 김명원金命元이 조용히 아뢰오되,

"이는 원균의 죄악이오니, 오늘날 선후지책은 이순신으로 통제사를 재임명하여야 가하니이다."

주상이 이 말을 옳게 여기사, 이순신으로 하여금 충청·전라·경상 삼도통제사를 내리시고, 조서를 내려 가로되,

"오호라! 국가에 의지하여 울타리를 삼는 자는 다만 수군에 있거늘, 이에 하늘이 재앙을 뉘우치지 아니하여, 도적이 다시 성하매 삼도 수군으로 하여금 한 번 싸워 패하여 눈썹을 태우는 급함이 조석에 있으

니, 목하에 계책은 흩어져 도망한 자를 불러 모으고 군함을 수합하여 급히 요해처를 웅거하고, 엄연히 대본영大本營을 만들어야 도망한 무리가 돌아갈 곳이 있을 것이요, 한창 성한 도적을 저으기 막을 터인데, 이 책임을 당할 자는 오래 위엄과 은혜, 지혜와 재간으로 평소 안팎에서 인민이 복종하던 자가 아니면 불가하니, 오직 경은 성명이 일찍이 병사를 처음 하던 날에 나타났으며, 공업功業은 임진년 크게 승첩한 후에 나타나서, 변방 군사가 의지하기를 만리장성과 같이 견고하게 알더니, 이에 경의 버슬을 갈고, 대죄 거행하라는 전례를 시행하였더니, 사람이 획책을 잘 하지 못하여, 오늘날 패하는 욕을 당하였으니 무슨 말을 하리요? 이제 경을 거상하는 데서 일어나게 하며, 백의에서 특별히 택차하여, 충청·전라·경상 삼도 수군통제사를 주노니, 경은 임소에 이르는 날에 먼저 이산한 민졸을 불러 위로하고, 바다 영문을 지어서 적세를 막을지이다! 경이 나라를 위하여 몸을 잊음과 기틀을 보아 진퇴하는 것은 이미 그 능함을 시험하였으니, 나는 어찌 여러 말로 고하리요?" 하오셨더라.

8월 19일에 이순신이 제장을 불러 함께 조칙을 읽고, 숙배肅拜[72]한

---

72) 숙배(肅拜): 왕에게 공손히 절하는 예(禮).

후에 회령포會寧浦에 이르니, 흩어졌던 군사들이 순신의 통제사 다시 임명된 소식을 듣고 찾아와서 모이니 군사 120인과 전선 10척을 얻었더라. 전라우수사 김억추金億秋를 명하여 병선을 수습하며, 제장을 분부하여 거북선을 꾸미어, 군세軍勢를 돕게 하고 언약하여 가로되,

"우리가 나라를 위하여 한 번 죽는 것을 어찌 아끼리요."

하니, 제장이 모두 감격하여 눈물을 흘리더라.

24일에 난포蘭浦로 나아갔더니, 28일에 적선 8척이 가만히 와서, 출기불의出其不意73)에 엄습코자 하거늘, 순신이 호각을 불고, 기를 두르며 적선을 충돌하자 도적이 물러가더니, 9월 7일에 적선 13척이 또 오다가 공이 맞아 치니 곧 달아나고, 그날 밤 이경쯤 되어 또 와서 방포하거늘, 공이 군졸로 하여금 응포하매 또 패하여 달아나니, 이는 도적이 이순신의 군사가 적음을 알고 업수이 여겨 이로써 시험함이더라.

때는 정히 늦은 가을이라. 바다 하늘이 심히 찬데, 사졸이 옷이 없어 정히 추위를 견디지 못하더니, 마침 피난하는 배가 바다 언덕에 와서 댄 자가 몇 백 척이라. 순신이 물어 가로되,

"도적의 배가 바다를 덮었는데, 너희들은 어찌하여 이곳에 머물러

---

73) 출기불의(出其不意): 뜻밖에 나섬.

있느뇨?"

　모두 대답하여 가로되,

　"우리는 사또를 믿고 이에서 머무노이다."

　순신이 가로되,

　"너희 만일 나의 말을 들으면 살리어니와 그렇지 않으면 다 죽으
리라."

하니 모두 가로되,

　"사또의 명대로 하오리이다."

　순신이 가로되,

　"장졸이 모두 주리고, 추움을 견디지 못하니, 어찌 도적을 방어할 도
리가 있으리요. 너희 만일 남은 의복과 양식으로써 군사를 구원하면,
이 도적을 가히 멸하고 너희도 가히 죽기를 면하리라."

　무리들이 이 말을 듣고 일제히 양식과 의복을 거두어 바치거늘, 이
에 양식을 각선에 나누어 실으니 군졸이 그제야 기동하더라.

　그러나 도적의 군사는 많고 우리 군사는 적음으로, 제장이 사람마다
가로되,

　"육지로 오름이 가하다."

하거늘 순신이 듣지 아니하였으며, 또 조정에서도 명하기를,

"수군이 심히 적어 도적을 대적키 어려우니 육지에서 방어하라!"

하였거늘, 순신이 또 장계하여 가로되,

"임진년으로부터 지금까지 5, 6년간에 도적이 충청·전라 양도를 직충치 못함은 수군이 그 길을 막음이라. 이제 신이 전선 12척이 있으니, 죽기로써 싸우면 오히려 가히 할 만하겠거늘, 이제 만일 수군을 전폐하면 도적이 필연 전라도를 지나 한강에 이르리니, 이제 전선이 비록 적으나 신이 죽지 아니하면 도적이 우리를 가벼이 보지 못하리이다."

하고, 우영右營 앞바다에 나가서 제장을 불러 모으고, 약속을 정하여 가로되,

"한 사람이 길을 막으면 족히 천 사람을 두렵게 하나니, 이제 우리가 진 친 곳이 이러하니 제장들은 근심치 말고 다만 죽기를 두려워 아니하는 마음만 항상 가지고 있으면 싸워 이기리라."

하더라.

16일 이른 아침에 도적이 하늘을 가리우고 바다를 덮어 명량鳴梁으로 쫓아와서, 우리 진陣을 향하거늘, 순신이 제장을 거느리고 나가 방어할 새, 적선 30여 척이 맹렬히 앞으로 나아오며 우리 배를 에워싸고자 하거늘, 순신이 노를 재촉하여 앞으로 충돌하며, 각 군사를 재촉하

여 총을 어지러이 놓으니, 도적의 군사가 곧 범하지 못하고 잠깐 나아오다가 도로 퇴하는 모양이러라.

이때에 나는 적고 도적은 많으매 대적키 어려울 뿐 아니라 도적의 배가 우리 배를 10여 겹이나 에워싸고 장사진법으로 좌우협공하니, 그 형세가 심히 불측한지라. 각선 장졸이 서로 돌아보며 실색하거늘, 순신이 웃고 가로되,

"저 도적이 비록 만 척의 배를 거느리고 올지라도 모두 우리에게 사로잡히는 바가 되리니, 망녕되이 동하지 말고 총과 활을 쓰는데 주의하여 진력하라!"

하니, 이 두어 마디 말이 얼마나 쾌활하며, 얼마나 담대하뇨? 장졸이 사람마다 감동하여 뛰며 기를 두르매, 모든 배가 다투어 나아오더라.

바다 가운데는 두 나라 군사의 싸우는 소리요, 산 위에는 싸움을 구경하는 원근에 인민이라. 이 통제사만 다시 일어나면 왜적의 원수를 쾌히 보복하리라 하여 남부여대하고, 혹 백 리 혹 천 리에서 모여와 높은 산 위에서 이 통제사의 싸움을 구경하더라.

우리 배 12척이 해면에 표양하는데, 홀연 수천 척 되는 적선이 일시에 에워싸서 검은 구름과 어지러운 안개가 합하는 듯하는 중에, 우리 배는 어느 곳에 가 묻혀 있는지 알 수 없고, 다만 공중에 칼 빛만 번뜩

이며 대포 소리만 진동하는지라. 싸움을 보는 사람들이 서로 붙들고 통곡하여 가로되,

"우리가 이에 온 것은 이 통제사를 믿음이러니, 이제 이 지경에 이르렀으니, 가련하다! 우리는 누구로 더불어 함께 살리요."

하고, 곡성이 하늘에 사무치더니, 홀연 산악이 무너지는 듯한 큰 소리가 나며, 적선 30여 척이 깨어지고 '조선삼도수군통제사'라 크게 쓴 깃발이 중천에 펄펄 날리며, 그 뒤로 우리 전선이 노는 용 같이 돌아 나오니, 이것이 하늘인가, 귀신인가, 이 어디로서 오는 소식인가? 싸움을 보던 일체 사람들이 모두 손을 이마 위에 높이 들고 만세를 다투어 부르더라.

이에 수천 척 되는 도적의 배가 혹 깨어지고, 혹 사로잡히고, 혹 도망하는데, 우리 배 12척은 왕래하며, 분주히 좌우충돌하여, 위엄을 빛내니, 장하도다! 넓고 넓은 바다 물결 위에서 왜적을 사냥꾼이 노루를 쫓듯 하는 신기한 장관을 나타내었더라. 이번 싸움에 우리 배가 물 가운데 제일 요지를 먼저 점령하였을 뿐 아니라, 교전하여 겨우 일합에 도적의 선봉선을 깨치고, 그 무쌍한 놀랜 장수 마다시馬多時(마다시오)를 잡아 베매, 도적의 기운이 먼저 꺾인지라. 그러므로 12척 적은 배에 약한 군사로 수천 척의 적선을 초멸함이러라.

이충무공이 일찍 사람을 대하여 가로되,

"나의 명량에서 한 번 승첩함은 새로 모집한 조련 없는 군사 몇 백명과 불과 10여 척 되는 튼튼치 못한 배로 수천 척의 적선과 수만 명의 적병을 이기었으니, 이는 하늘의 도우심이요, 국가의 홍복이라. 우연히 꿈속에 생각하여도 한 번 상쾌함을 말지 아니하노라."

하더라.

17일에 배를 이끌고 외양섬에 나갈 새, 피란한 인민들이 열성으로 고기와 술을 가지고 와서 드리더라.

이때에 도적이 정히 멀리 도망한지라. 이에 이순신이 날마다 제장을 보내어 각처로 순행하며, 유리한 백성을 타이르고 흩어진 군사를 불러 모으니, 두어 달 안에 장사들이 구름 모이듯 하여, 군사의 형세가 크게 떨치더라.

비록 그러나 이 통제사의 신기묘산으로 능히 한 나라는 보전하여도 그 집은 능히 보전치 못하며, 전국 백성은 능히 구원하여도 그 아들을 능히 구원치 못하였으니 애석하도다.

저 왜장 수가秀家와 행장行長과 청정 등이 원균으로 하여금 이 통제사를 모해하다가 그 뜻을 이루지 못하고, 죽게 되었던 이 통제사가 다시 살아서 구구한 12척 쇠잔한 배로 수천 척 왜선에 수만 명 왜병을 일조에 초멸하니, 저희 분하고 부끄럽고 절통함을 이기지 못하나 이 통제사의 신통한 눈이 비춰는 곳에 보복할 땅이 없는 고로, 명량에서 패한 후로 곧 그날로 날랜 기병을 보내어, 이 통제사의 본집 있는 아산牙山 금성촌錦城村에 가서 한 마을을 분탕하고 사람을 만나는 대로 살해할새, 이 통제사는 셋째 아들 이면李葂이 10여 세의 아이로 집에 있어서 말 달리고 활쏘기를 공부하다가, 왜병이 들어옴을 보고 즉시 작은 조총을 들어 적병 3명을 쏘아 죽이고 왕래 충돌하더니, 슬프다! 한 어린 범이 여러 늙은 이리가 다투어 무는 것을 어찌 감당하리요? 필경 해를 입었더라.

담략이 크고 말 타고 활쏘기를 잘하여, 장래 자기를 계승하고, 국가의 만리장성長城이 되리라 믿던 제일 사랑하는 아들의 죽은 소식을 들으니, 천리 밖에 항상 잘 있는 기별을 날로 기다리던 그 부친의 심사가 과연 어떠할까? 부음을 듣고 통곡하여 가로되,

"나의 어린 아들이여, 나를 버리고 어디로 갔느냐? 영특한 기운이 여느 사람에 뛰어남으로 하늘이 세상에 머물지 아니하심인가. 내가 세상에 있어서 뉘를 의지할꼬."

하며, 하룻밤 지내기를 1년과 같이 하니, 가련하다! 이는 그 모친의 상사를 당한 후에 제일 애통하는 눈물이러라.

제15장 왜적의 말로

풍신수길이 '한 번 뛰어 대명국大明國을 답평한다' 하는 쾌담을 발하여 길을 빌어서 괵국虢國을 멸하던 계교를 써서 우리나라를 꾀다가 뜻을 이루지 못하매, 즉시 우희다수가와 가등청정과 소서행장 등 제장을 보내어 30만 군을 거느리고 세 길로 호호탕탕히 조선을 향하여 올새, 그 발발한 욕심이 팔도를 한 번에 삼킬듯이 하다가 거연히 경상·전라도 바다 어구에서 하늘이 내리신 일대 명장에게 막힌 바가 되어, 수로로 향한 모든 왜병을 어복 중에 장사하고, 분기 대발하여 8년을 두고 계속하여 군사를 파송하여 싸우다가 연하여 패하매, 이에 피를 토하고 죽으니, 양국 간 전쟁이 저으기 결말 될 기회가 돌아왔더라.

수군의 승첩을 장담하던 우희다수가는 이에 이르러, 그 패할 줄을 미리 알고 군사를 버리고 먼저 도망하였는데, 행장과 청정은 내지에 깊이 들어왔다가 육지에 오르면 의병이 둘러싸고, 물로 내려간즉 삼도 수군이 막히어 진퇴유곡의 경우를 당하였는데, 행장은 순천順天에 둔쳤으며, 청정은 울산蔚山에 둔치고, 각지로 향하여 싸우려다가, 청정은 도원수 권율과 이덕형李德馨에게 에워싸인 바가 되어, 도산성島産城 중에서 물 한 잔을 얻어 마시지 못하고 여러 날을 곤하게 지내며, 행장은 전라도에 있어 그 형세로 대적하지 못할 줄을 헤아리고, 여러 번 사자를 보내어 화친을 청하더라.

왜적과 불공대천不共戴天[74]하기로 깊이 맹세하던 이순신이 어찌 저희 화친의 청구함을 허락하리요? 사자를 거절하고 더욱 군사를 나아가 도적의 진을 핍박할 새, 선묘조(1589) 무술 6월 27일에 고금도古今島로 진을 옮기니, 이는 전라도 바다 어구에 제일 요해처이리라.

승군을 모집하여 각지에 주둔하며, 농민을 모아 섬 중에서 농사를

---

74) 불공대천(不共戴天): 하늘을 함께 이지 못한다는 뜻으로, 이 세상에서 같이 살 수 없을 만큼 큰 원한을 가짐을 비유적으로 이르는 말.

짓게 하고, 정예한 기병을 나누어 사처로 보내어 돌아다니며 노략질 하는 도적을 초멸하고, 행장과 청정을 깊은 천참에 가두어 두고, 그 군사가 주리고 기운이 다하거든 소멸하기로 계교를 정하더니, 7월 16일에 명나라 수군도독 진린陳璘이 수군 5천 명을 거느리고, 바다로 내려와서 우리 군사와 합하니, 수군의 형세가 일층 장하더라.

그러나 진린은 원래 성품이 사납고 노하기를 잘하는 자로 유명한 사람이라. 그 나라의 동렬되는 제장과도 서로 좋아하는 자가 없으니, 하물며 언어도 통치 못하고 풍속도 같지 아니한 타국 장수와 시종 틀림이 없기를 어찌 바라리요. 두 장수가 한 번 틀리면, 두 나라 군사가 필연 요동되리니, 두 나라 군사가 한 번 요동이 되면, 저 왜적을 토평하기는 고사하고 도리어 그 틈을 타서 우리 군사를 해롭게 하기가 쉬울지라. 그런고로 조정이 근심하고 주상께서도 진린을 후대하라시는 성지를 내리시며, 영의정은 진린을 잘 사귀라는 친필 편지를 하였더라. 비록 그러나 이 통제사는 심중에는 이미 다 정한 계교가 있어서, 유인의 수단으로 진린을 대접하더라.

진린의 군사가 처음 이르매, 이순신이 즉시 소를 잡고 술을 내어, 진린의 제장을 대접하여 크게 인심을 열복케 하더니, 얼마 아니하여 그 군사가 사면으로 나가서 우리 백성의 재물을 노략질하는지라.

이순신이 군사와 백성에게 영을 내려 여간 집들을 모두 훼철毁撤[75)

하여 옮기게 하고, 자기도 금침과 의복을 모두 배로 옮기더니, 진린이

그 곳곳에 가옥을 훼철하는 광경을 보고, 심히 괴이히 여겨 사람을 이

순신에게 보내어 묻거늘, 순신이 가로되,

"도독의 휘하 군졸이 다만 노략질하기로 일삼으니 인민이 견디기 어

려우므로 각각 집을 거두어 멀리 떠나려 한즉, 나는 장수가 되어 무슨

면목으로 홀로 이에 머물러 있으리요. 그러므로 나도 또한 진도독을

하직하고 멀리 떠나려 하노라."

진린이 이 말을 듣고 대경하여 급히 순신의 전에 이르러, 순신의 손

을 잡고 가로되,

"만일 장군이 가면, 린은 누구로 더불어 도적을 방비하리요?"

하며 간걸하거늘, 순신이 이에 강개히 눈물을 흘리며 가로되,

"우리나라가 왜적의 화를 입은 지 지금 8년이라. 우리 성읍城邑을 불

사르며, 우리 인민을 살해하고, 우리 분묘를 발굴하며, 우리 재산을

약탈하여, 부모는 그 자손을 부르고 통곡하며, 부녀는 그 남편을 생각

하고 통곡하고, 가옥이 있는 자는 그 가옥을 잃으며, 재산이 있는 자

---

75) 훼철(毁撤): 헐어서 치워 버림.

는 그 재산을 잃어서, 이제 팔도 인민이 왜병이라 하는 말만 들어도 모두 심골이 아프지 않을 리가 없으니, 순신이 비록 준준한 일개 무부武夫에 지나지 못하나, 또한 천성을 갖춘 자이라. 나라의 부끄러움과 백성의 욕을 저으기 알거늘, 이제 장군이 우리나라를 위하여 천리에 와서 구원하였는데, 순신이 도독을 영결하고 멀리 가서 숨고자 하는 것이 어찌 이같이 인정에 가깝지 않은 일을 행하리요마는, 비록 그러나 지금 진도독의 휘하 군졸의 노략질함을 본즉, 당당한 의로운 군대로 야만의 행실을 하니, 우리 이 불쌍한 생령이 저렇게 가혹한 화를 당한 끝에, 또 이 고초를 당하니 어찌 견디리요? 순신이 차마 이것을 볼 수 없는 고로 이에 가고자 하노라."

진린이 이 말을 듣고 얼굴이 안색이 변하여 가로되,

"린은 이로부터 휘하를 엄히 단속하여 터럭만치도 범하지 못하게 하리니, 장군은 잠깐 머물라."

순신이 가로되,

"그렇지 아니하다. 영문營門이 엄하여 우리 백성이 설혹 원통한 일이 있어서, 들어와 호소코자 할지라도 심히 어려우니, 도독이 비록 명찰하나, 어찌 휘하 군졸이 밖에 나가 작요作擾함을 일일이 살피리요? 도독이 만일 순신을 가지 못하게 하고자 할진대, 다만 한 가지가 있으니 도독은 즐겨 좋겠느뇨?"

린이 가로되,

"장군의 명대로 하리니, 장군은 말하라!"

순신이 가로되,

"도독의 휘하 군졸이 우리나라에 구원하러 온 세력을 믿고, 기탄이 아주 없어서 이같이 방자한 행위를 함이니, 만일 도독이 나에게 권리를 빌려주어 그 죄를 다스리게 하면, 두 나라 군사와 인민이 서로 편안할까 하노라."

진린이 가로되,

"오직 장군의 명대로 하라!"

이후로부터 명나라 군사가 범하는 바가 있으면, 이순신이 진 도독에게 묻지 아니하고 마음대로 엄히 다스리니, 백성이 안도하며 명나라 군사가 순신을 두려워하고, 사랑하기를 진 도독을 두려움보다 더하더라.

18일에 적선 100여 척이 녹도鹿島를 와서 침범한다고 정탐병의 보고가 왔거늘, 이 통제사와 진도독이 각각 전선을 거느리고 금당도今堂島에 이른 즉, 다만 적선 2척이 있다가 우리 배를 바라보고 도망하는지라. 이 통제사는 배 8척을 도발하고, 진 도독은 20척을 출발하여 절영도에 매복케 하고, 함께 돌아오니라. 24일에 순신이 운주당運籌堂에 주연을 배설하고, 진린을 청하여, 서로 술을 권할 새, 진린의 휘하 천총千總이 와서 고하되,

"새벽에 적선 6척을 만나, 조선 수군이 몰수 포획하였나이다."

하니, 진린이 크게 노여 꾸짖어 나가라 하거늘, 이순신이 그 뜻을 알고 좋은 말로 권하며, 그 얻은 바 적선과 왜적의 머리 69급을 모두 진린에게 넘겨주며 가로되,

"도독이 이에 이른 지 수일이 못 되어 즉시 큰 공을 조정에 아뢰면 어찌 아름다운 일이 아니리요?"

하니, 진린이 대회하여 종일토록 취하고 노니라.

이후로부터는 진린이 순신을 더욱 흠복하며, 또 자기의 선척이 비록 많으나 도적을 대적하는데 넉넉지 못함을 깨닫고, 우리의 선척에 올라서 이순신의 절제節制를 받고자 하며, 항상 부르기를 '이야李爺76)!'라 하고, 이름을 부르지 아니하더라.

9월 14일 후로 각처 적장이 순천에 있는 소서행장의 진으로 모이거늘, 순신이 그 거두어 가려함을 이미 헤아리고 개연히 탄식하여

---

76) 야(爺): 남자(男子)의 존칭(尊稱)

가로되,

"내 어찌 천고의 원수 되는 도적으로 하여금 살아 도망감을 허락하리요?"

하고, 이날에 진린과 함께 수군을 거느리고 19일에 좌수영 앞을 지나, 20일에 순천 예교曳橋에 이르니, 이곳은 소서행장의 진 앞이라. 군사를 사면으로 배치하여, 도적의 돌아가는 길을 막고 정예한 기병을 보내어, 장도獐島를 엄습하여 도적의 양식을 점탈하니라.

제16장 진린陣璘의 중도의 변함과
노량露梁의 대전大戰

   속담에 이르되, "천하에 뜻과 같지 못한 자가 십중팔구이라" 하더니 과연 그러하도다. 이충무공이 통제사를 다시 한 후로는 조정에서 믿고 의지함이 전일할 뿐 외에 또 외국 구원병이 와서 군사의 위엄이 일층 장하게 되니, 이는 범이 날개를 달았다 할 만하며, 하물며 저의 장졸이 이충무공을 일심으로 복종하여 '이야李爺!'라 일컫고, 천하 명장으로 믿으며, 진린이 선묘조에 글을 올려 가로되,

   "이순신은 경천위지의 재주와 하늘을 깁고, 해를 목욕하는 수단이라." 하며, 오직 순신의 명대로 시행하니 이후로는 이충무의 성공은 강물을 터놓음과 같이 탕탕무애蕩蕩無涯할 듯하더니, 오호라! 이충무의 일평생이 간고함으로 시작하여 간고함으로 마치는 것이 하늘의 뜻인지는 역량키 어려우나, 이제 장성이 떨어지던 전날까지 또 한 번 마귀의 희롱이 일어나는도다.

대개 당시에 명나라에서 구원하러 온 장수들이 외면으로 충분한 빛을 띠고, 입으로만 강개한 말을 발하나, 그러나 저희는 황금 몇 근만 보면, 그 충분하고 강개하던 것은 하늘 밖으로 날아가고, 온몸이 황금을 향하여 공손히 절을 하는 자이니, 이 같은 어린 사람들과 무슨 일을 능히 하리요? 그런고로 저희가 온 것은 이순신에게 해는 있어도 이로움은 없었도다.

이순신이 장도獐島에 웅거하여 도적의 돌아가는 길을 끊은 이후로 행장이 힘이 다하고 형세가 피폐할 뿐더러, 순신이 진린으로 더불어 날마다 나아가 싸워 연하여 승전하니, 행장이 크게 움츠러들어 명나라 장수 유정劉綎에게 가만히 사람을 보내어 뇌물을 후히 주고,

"돌아갈 길을 비나라."

간걸하거늘, 정이 뇌물을 탐하여 진린에게 고하여 가로되,

"행장이 장차 거두어 가려 하니 가는 길을 막지 말라!"

한 후에 행장이 10여 척 배를 거느리고 묘도猫島로 나갈 새, 순신이 진린으로 더불어 맞아 쳐서 모두 토멸하니 행장이 유정을 신의 없다고 책망하는지라. 유정이 가로되,

"그대는 진 장군에게 간걸懇乞[77]하라."

행장이 이에 진린에게 은검과 보검을 보내고 간걸하여 가로되,

"청컨대 나의 돌아갈 길을 비니라."

하니, 진린도 일개 탐부이라. 그 뇌물을 보고 소청을 허락한 후에 이순신에게

"길을 열어 주라!"

권하거늘, 순신이 가로되,

"장수가 되어 화친을 의논함도 불가하고, 또 원수를 놓아 보냄이 옳지 아니하거늘 도둑은 무슨 연고로 이런 말을 내느뇨?"

린이 아무 말도 못하다가 행장에게 고하여 가로되,

"그대는 이 통제사에게 화친을 구하라!"

행장이 또 이순신에게 사람을 보내어, 총과 칼이며 보화를 많이 드리고

"돌아갈 길을 비니라."

간걸하거늘, 순신이 가로되,

"임진 이래로 우리가 왜적에게 빼앗긴 총과 칼이며 보화가 산과 같으니, 너희가 보낸 것으로는 그것을 갚지 못할 것이오. 또 우리는 왜인의 머리를 보화로 아노라."

---

77) 간걸(懇乞): 바람이나 용서 따위를 간절히 빎.

하고, 한편으로 이를 퇴각하며, 행장의 보내는 배 10여 척을 한편 토멸하더니, 진린의 도적을 놓아 보내고자 하는 마음이 놓이어 가고자 하는 도적의 마음보다 더욱 간절하여, 하루는 이순신에게 고하여 가로되,

"나는 남해에 도적을 가서 치고자 하노라."

하거늘, 순신이 가로되,

"남해 도적은 태반이나 사로잡힌 인민이니, 도독이 도적을 토벌하는 소임으로 와서 도적은 치지 아니하고, 도리어 인민을 토벌코자 함은 무슨 뜻이뇨?"

린이 가로되,

"자기 나라를 소홀히 하고 도적에 붙좇으니 도적과 일반이로다."

순신이 가로되,

"옛사람이 이르되, 협박받아 따라간 자는 죄를 다스리지 말라 하였으니 따라간 자도 묻지 아니하거든, 하물며 사로잡힌 자를 어찌 도적과 같이 쳐서 토벌하리요?"

하니, 진린이 부끄러워 굴복하더라.

행장이 계교가 궁하매 돼지와 술을 진린에게 후히 보내며, 큰 뇌물을 드리고 청하여 가로되,

"각처 모든 진에 통기하여 거두어 가기를 언약코자 하오니 도독은 청컨대 허락하라."

하니, 진린이 뇌물을 탐하여 그 말을 믿고 가만히 길을 열어 주어 도적의 통신하는 작은 배 1척을 나가게 하였더라.

진린의 휘하에 이순신을 성심으로 섬기는 자 한 사람이 있더니, 이 소식을 와서 전하거늘 순신이대경하여 탄식함을 깨닫지 못하며 가로되,

"이 도적이 간 것은 필연 각처 모든 왜적에게 소식을 서로 통하여 한 곳으로 모여 우리를 범하려 함이니, 우리가 만일 이에 있어서 대적하다가는 앞뒤로 공격을 받을지라. 대양으로 군사를 옮기고 도적을 기다려 한 번 싸워 죽기를 결단하리로다. 애석하다! 진씨는 황금 몇 근에 침을 흘리고 대사를 그르쳤도다."

하고, 유형柳珩 · 송희립宋希立 등으로 더불어 계교를 정하고, 진린에게 사기事機가 위태함을 통기하니, 린이 이에 놀라 깨닫고 스스로 자기 허물을 뉘우치더라.

이순신이 가로되,

"지난 일은 뉘우쳐도 쓸데없으니, 오늘날 계책은 다만 대양에 나가서 저희를 대적하는 것밖에 없도다."

하고 정탐선을 보내어 도적의 정황을 살피더니, 18일 유시酉時쯤 되어 곤양·사천·남해 각처에 주둔한 도적이 모두 노량으로 향하여 온다 하거늘, 순신이 진린과 서로 언약하고 이날 밤 2경에 함께 떠날 새 3경이 되매, 배 위에 홀로 서서 손을 씻고 향을 살라 상제께 축원하여 가로되,

"이 원수를 토멸할진대 죽어도 한이 없나이다."

하고, 4경은 되어 노량에 이르러 섬 곁에 병선을 숨기고서 기다리더니, 조금 있다가 적선 5백여 척이 광주 바다로부터 노량으로 향하여 오거늘, 좌우 양군이 돌출하여 포격하니 도적의 배가 놀라서 흩어지더니, 얼마 후에 다시 합하는지라.

순신이 가로되,

"우리 승패와 사생이 이번 싸움에 있다."

하고, 한 손으로 북을 치며, 소리를 우레 같이 지르고, 먼저 앞으로 향하니 모든 군사가 뒤를 따라 진력하여 도적을 치니, 도적이 지탱치 못하고 관음포觀音浦로 퇴각하더라.

날이 밝으매, 도적이 나갈 길이 없음을 알고 다시 돌아와 죽기로서 싸우거늘, 이순신과 진린이 합력하여 대적할 새, 명나라 부총병 등자룡의 배에 불이 나서 군사가 놀라 요동하매, 배가 기울어지는지라. 도

적이 이것을 보고 자룡을 죽이며 배를 불사르니, 우리 군사는 바라보고 서로 가리켜 가로되,

"도적의 배에 불이 났다!" 하며 각각 분력하여 나아가더니 적장 3인이 큰 배 위에 높이 앉아 싸움을 독려하거늘, 이순신이 총을 놓아 그 중 1명을 죽이고, 호준포虎蹲砲를 연하여 발하며, 적선을 부수는데, 홀연 큰 철환이 날아오며 이순신의 왼편 옆구리를 뚫고 나간지라. 칼을 쥐고 엎어지다가 즉시 일어나서 북을 울리며, 천천히 배 안으로 들어가서 부장部將 유형柳珩을 불러 옆구리를 뵈이고 가로되,

"나는 죽으니 그대는 노력하라!"

하며, 방패로 가리우고 그 자질 회薈와 완莞과 부리는 종 금이金伊를 돌아보며 가로되,

"싸움이 한창 급하니 내가 죽거든 곡성을 내어 군심을 경동치 말라!"

하며, 말을 마치매 눈을 감으려 하다가 우리 군사의 호통하며 싸우는 소리를 듣고 기뻐하는 기색이 얼굴에 나타나며 마침내 서거하는지라. 휘하 제장이 그 유언을 의지하여 상사를 감추고, 기를 두루며 싸움을 재촉할 새, 유형은 6번 철환을 맞고, 송희립은 한 번 철환을 맞아서 배에 혼도하였다가 다시 일어나 상처를 싸매고 나아가 싸우는데, 양편 배가 서로 부딪치며 장창 대검이 서로 치고, 비 오듯 하는 화살과 우뢰

같은 철환은 바다 위에 폭주하더니, 새벽으로부터 시작하여 오정에 이르러서는 도적의 기운이 크게 좌절하고, 우리 군사는 더욱 기승하는지라. 도적의 배를 쫓아 쳐서 200척을 침몰하고 적병 수천 명을 베니, 도적의 건장한 장수와 강한한 군사는 이 싸움에 모두 죽고, 도적의 물자와 무기는 이 싸움에 모두 탕진하였는데, 적의 행장은 외로운 배 1척을 타고 묘도에 나가서 도망하였더라.

왜선이 모두 함몰하고 싸움 티끌이 홀연히 걷히매, 삼도 수군 장졸이 돛대를 두르리며 개가를 부르고 돌아오더니, 대장의 배 안에서 일성 처량한 소식이 풍편에 들리니 이회李薈와 이완李莞 등이 그 부친의 죽음을 발상함이러라.

오호라! 꿈인가. 공이 어찌 그리 속히 갔는가? 두 나라 장졸이 비로소 이순신의 죽음을 알고, 우리 장졸의 유형 이하와 명나라 장졸 진린 이하 수만 명이 개개이 군기를 던지고, 서로 향하여 통곡하니 소리 천지를 진동하며 산천과 바다가 또한 슬퍼하는 듯하더라.

제17장 이순신의 반구와 그 유한

무술(1598) 10월 21일에 '조선 효충 장의 적의 협력 선무공신 전라좌도 수군절도사 겸 충청 · 전라 · 경상 삼도 수군 도통제사朝鮮效忠仗義迪毅協力宣武功臣全羅左道水軍節度使兼忠淸慶尙全羅三道水軍都統制使 이순신'의 영구가 고금도古今島에서 떠나서 아산牙山으로 돌아올 새, 연로에 노소남녀가 상여를 붙들고 애통하며 놓지 아니하며, 곡성이 천 리에 끊이지 아니하고, 팔도 인민이 일체로 친척의 상사같이 슬퍼하더라.

오호라! 임진년으로 무술년까지 7년 동안 역사를 상고하건대, 우리 대동국大東國 민족의 치욕과 고통이 과연 어떠하였느뇨? 늙은이와 어린아이는 구렁을 메우며, 장정은 칼날과 탄환에 명을 상해 오고, 주리되 밥을 얻지 못하며, 추워도 옷을 얻지 못하고, 아침에 함께 모였던 부모 · 처자가 저녁에 서로 잃고, 저녁에 만나던 형제 · 붕우가 이튿날 아침에 서로 영결하여 죽은 자는 물론하고, 곧 일반 산 자도 이미 죽은 줄로 알더니, 다행히 천고 명장 이순신이 나서 그 손으로 우리의 빠진 것을 건지며, 그 입으로 우리의 회생함을 부르며, 피를 토하여 우리의 뼈만 남은 것을 살찌게 하고, 마음을 다하여 우리의 죽은 것을 살게 하더니, 우리가 다시 사는 날에 공이 홀연 죽으니, 이는 인민이 공을 위하여 가히 통곡할 것이 한가지오.

우리의 생존함은 공의 힘이며, 우리의 안거함도 공의 힘이요, 우리의 음식 의복은 공의 주신 바이며, 우리의 금슬화락琴瑟和樂함도 공의 주신 바이라. 우리가 한 번 일어나면 한 번 앉고 한 번 노래하며 한 번 우는 것이 오직 공의 은덕이거늘, 우리는 공의 은덕을 한 터럭도 보답하지 못하고, 공의 7년 동안 우리를 위하여 노고하던 역사를 돌아보건대 어찌 비창悲愴78)하지 아니하리요? 이는 인민이 공을 위하여 가히 통곡할 것이 둘이오.

공이 7년 전에 죽었을지라도 우리는 이 난에 다 죽었을 것이며, 공이 7년 이후에 났을지라도 우리는 이 난에 다 죽었을 것이며, 공이 7년 전쟁 하던 첫해에 죽었든지, 혹 둘째 해에나 셋째 해에나 넷째 다섯째 여섯째 해에 죽었을지도, 이 난에 우리는 다 죽고 구원할 자가 없었을 것이거늘, 이에 공이 먼저 죽지도 아니하며 후에 나지도 아니

---

78) 비창(悲愴): 마음이 몹시 상하고 슬픔.

하고, 이때에 나서 이 7년을 지내는데, 그 동안에는 탄환에 맞아도 죽지 아니하며, 칼에 찔려도 죽지 아니하고, 옥에 가두어도 죽지 아니하며, 1천 창이나 1만 총이 다투어 올지라도 죽지 아니하고, 허다한 풍상을 바다 위에서 겪다가 7년 전쟁이 마무리되는 날, 노량에 이르러 몸을 마쳤으니, 오호라! 공은 필시 상제께서 보내신 천사로 수군의 영문營門으로 내려오셔서, 그 수고하심과 그 흘리신 피로 우리의 생명을 바꾸어 구제하신 후에 홀연히 가셨으니, 우리 백성이 이 충무공에 대하여 가히 통곡할 만한 자가 세 가지니, 우리 백성이 이 충무공에 대하여 이런 정이 없기가 어렵도다.

그러나 영웅의 마음과 일은 원래 이러한 것이 아니라. 그 서리와 같이 맑고 눈과 같이 흰 저 흉중에는 부귀함도 없으며, 빈천함도 없고 안락함도 없으며, 우려함도 괴로움도 없고, 다만 이 나라 이 백성에 대한 안광이 끝이 없이 비치는 고로 나의 몸을 죽여서 나라와 백성에게 일할진대, 아침에 나서 저녁에 죽을지라도 가하며, 오늘 저녁에 나서 내일 아침에 죽을지라도 한이 없을지니, 하늘과 땅이 있은 이후로 죽지 아니한 사람이 필연 없고, 이미 죽은 이후에는 썩지 아니하는 뼈가 없어, 부귀하던 자도 마지막에는 필연 한 조각 썩은 뼈가 될 뿐이요, 빈천하던 자도 마지막에는 필연 한 조각 썩은 뼈가 될 뿐이며, 안락하던 자도 마지막에는 필연 한 조각 썩은 뼈가 될 뿐이요, 고생하던 자도 마지막에는 필연 한 조각 썩은 뼈가 될 뿐이며, 천수를 한 자와 요절한 자가 모두 그 마지막에는 한 조각 썩은 뼈가 될 뿐이니, 천고만고에 바뀌지 아니하는 한 조각 썩은 뼈가 될 일개 나의 몸을 죽여서 천세 만세에 영구히 있는 이 나라 이 백성에게 이로울진데, 어찌 이것을 피하며, 어찌 이것을 하지 아니하리요?

설혹 광성자와 같이 천수를 하고, 석숭과 같이 부자가 되어, 입으로 고량진미를 먹고 호호백발로 의연히 오래 살지라도 나라의 부끄러움과 백성의 욕이 날로 심하여, 사면에서 죽는 소리, 우는 소리, 원망하는 소리, 한탄하는 소리, 앓는 소리가 모두 와서 모이면, 나 홀로 살고 홀로 즐기는 것이 차마 좋겠는가?

대저 영웅의 눈에는 이것을 미리 아는 고로, 이충무공을 볼지라도 당시에 이전과 문형의 청환준직을 부러워하지 아니하고, 붓을 던지고 사람들이 천대하는 무반에 들어가 대동국 무사의 정신을 발달하기로 담당하며, 일체 권문세가를 초개같이 보아서 발자취가 그 문 앞에 가지 아니하고, 나의 지조를 지키다가 급기야 동남에 괴이한 구름과 비린 바람이 이니 일어나서 나라 일이 창양(搶攘79))하매, 집과 몸을 돌아보지 아니하고 칼을 두르며, 우리 원수를 향하여 대적하다가, 그 뜻을 이미 이루던 날에 갑자기 영면함을 사양치 아니하였으니, 오호라! 누가 이충무공의 죽음을 우는가? 대장부가 충의 지심을 품고, 나라의 환난에 몸을 던져, 무쌍한 큰 마귀를 초멸하여, 수많은 창생을 구제하고, 나의 몸은 쾌활한 탄환에 죽어서 높고 큰 명정銘旌80)은 괴이한 구름이 쾌히 거둔 바다 하늘을 두르며, 빛나는 상여는 옛날 그대로의 고향에 돌아와서, 전국 팔도 만세에 양양한 승전고 소리 가운데서 상례를 거행하니, 오호라, 장하도다! 누가 이충무공의 죽음을 우는가? 다만 노래하고 춤을 춤이 가하도다.

비록 그러하나 후세 사람이 이충무공을 위하여 한 번 울만한 바가 있으니, 대개 이충무공의 발신發身하던 처음에 허다한 사사 당파의 무리와 악한 소인의 무리들이 영웅을 국축하게 하여 일찍이 쓰이지 못하였으므로, 그 공이 겨우 이만하고 말았으며, 중간에 또 몇 개 참소하고 투기하는 사람이 마귀의 재주를 희롱하여 수년을 작희하여, 싸움의 준비를 탕진케 하였으므로 그 공이 또한 겨우 이만하고 말았으며, 하늘이 영웅을 내사 우리나라 인민으로 하여금 무사의 정신을 이

---

79) 창양(搶攘): 몹시 혼란하고 어수선함.
80) 명정(銘旌): 죽은 사람의 관직과 성씨 따위를 적은 기. 일정한 크기의 긴 천에 보통 다홍 바탕에 흰 글씨로 쓰며, 장사 지낼 때 상여 앞에서 들고 간 뒤에 널 위에 펴 묻는다.

같이 고동하시거늘, 또 저 백성의 역적 나약한 소인들이 쫓아가며 독을 퍼서, 공이 죽은 후 수백 년간에 나라의 부끄러움과 인민의 욕됨이 자주 일어났으니, 이것이 후세 사람으로 하여금 이충무공을 위하여 한 번 통곡할 바이로다. 그러나 어찌 다만 후세 사람만 통곡할 뿐이리요? 지하에서 이충무공도 또한 눈을 감지 못하시리로다.

제18장 이순신의 제장諸將과
그 유적과 그 기담奇談

    정운鄭運은 어렸을 때부터 충의忠義로 주장을 삼아 '정충보국精忠輔國'
네 글자를 칼에 새기더니, 임진년 난에 이순신을 좇아 도적을 여러 번
파하고, 매양 싸울 때면 분력하여 먼저 앞서 나아가는 고로 이순신이
믿고 공경하더니, 부산 싸움에 도적의 탄환을 맞아 죽으니, 이공이 크
게 통곡하여 가로되, "국가의 오른 팔을 잃었다"하더라.

— ≪선묘중흥지宣廟中興志≫ 〈영암군지靈巖郡志〉

    어영담魚泳潭은 광양현감光陽縣監을 임명되었더니, 임진왜란을 당하매
이순신을 보고 부산을 구원하기를 힘써 권하였으며, 또 이공이 수로
의 험하고 평탄함을 알지 못함으로 근심한데, 영담이 개연히 선봉되
기를 자청하거늘, 이공이 허락하여 여러 번 큰 공을 세우매, 이공이
조정에 장계하여, 그 수전에 능함과 수로에 익숙함과 그 몸을 잊어버

리고, 나라를 위하는 충성이 있음을 기리고, 조방장助防將을 삼기로 청하나라.

―≪조야집요朝野輯要≫와 이충무의 장계

이억기李億祺는 전라우수사로 이공을 좇아 도적을 여러 번 파하더니, 이공이 피수被囚되기에 미쳐 울어 가로되, "우리는 죽을 곳을 알지 못하리로다" 하더니 원균이 패하여 달아날 때를 당하여 마침내 싸움에 죽으니라.

- 이억기 행장

송대립宋大立과 희립希立은 형제라. 함께 충용의 의기가 출중하더니 대립은 철산 싸움에 절사하고, 희립은 장도 싸움에 철환을 맞고도 힘을 더하여 싸워서, 이공의 죽은 후에 능히 군사의 위엄을 떨쳐서 도적을 크게 파하나라.

유형柳珩은 남해현감南海縣監으로 이공을 좇아 도적을 치더니, 우의정 이덕형이 공에게 묻되, "공의 수하 제장 중에, 누가 가히 공의 뒤를 이어 일을 할 자이뇨?" 공이 대답하여 가로되, "충의와 담력이 유형을 능가할 자가 없으니, 가히 크게 쓸 인물이라" 하더니, 공이 죽은 후 이덕형이 조정에 천거하여 통제사를 시키니라.

이순신李純信은 중위장中衛將으로 이공을 좇아 왜란이 처음 일어날 때에 원균을 구원할 새, 고성 앞바다에서 세 번 싸워서 세 번 이기었으며, 그 후에도 항상 용맹을 더하여 먼저 나아감으로 이공의 신임한 바가 되니라.

- 이순신 묘갈墓碣

정경달鄭景達은 이공의 종사관從事官이 되어 기이한 공을 여러 번 세우고, 그 후에 조정에 들어가서 이공의 나라를 위하는 충의와 도적을 방비하는 지략을 극진히 설명하고, 원균의 모함함을 힘써 변명하니라.

- 정씨가승鄭氏家乘

송여종宋汝鍾은 이공으로 더불어 노량에서 왜적과 싸워 적병이 대패하여 바닷물이 피가 되었으니, 이 싸움이 이공의 전공 중 제일이요, 여종의 공은 수하 제장 중에 또한 제일이러라.

- 송여종 비명碑銘

이영남李英男은 조방장으로 이공을 쫓아 매양 싸우매, 이를 갈고 몸을 돌아보지 아니하더라.

- ≪진천현지鎭川縣志≫

황세득黃世得은 이공의 처종형이라 일찍 강개하여 큰 절개가 있더니, 명량 싸움에 힘을 다하여 싸우다가 죽으니, 이공이 가로되, "나라 일에 죽었으니 죽어도 영광이라" 하더라.

- ≪직산현지稷山縣志≫ 〈이충무실기李忠武實記〉

김완金浣은 군량을 조발調發한 공도 있고, 왜적을 베인 공이 극히 많더라.

- ≪영천군지永川郡志≫

오득린吳得麟은 지략이 여느 사람에 뛰어남으로 이공이 택차하여 막부幕府에 두니라.

- ≪나주목지羅州牧志≫

진무성陳武晟은 진주晋州성이 에워싸인 때에 이공이 소식을 통하고자 한데, 무성이 왜복을 바꿔 입고 낮이면 숨고 밤이면 행하여 마침내 소식을 통하고, 그 후에 이공을 따라서 여러 번 기이한 공을 세우니라.

－《홍양현지興陽縣志》

　제만춘諸萬春은 경상 우수영 군교軍校로 발신하여 용력과 활 쏘는 재주가 유명하더니, 임진 9월에 우수사 원균의 장령을 받아, 작은 배를 타고 군사 10명을 거느리고, 웅천熊川 적세를 가서 탐지하고 오다가 영등포永登浦에 이르러, 왜선 6척을 만나서 한 배를 탄 사람이 모두 사로잡힌 바가 되어 일본 대판大阪으로 잡혀 갔더니, 계사년(1593) 7월 24일 밤에 성석동成石同·박검손朴儉孫 등 열두 사람으로 함께 꾀하고, 왜선을 도적하여 타고 육기도六岐島를 지나, 동래 수영水營 아래 배를 대고, 8월 15일에 삼도三道 수사水使가 합하여 진 친 곳에 와서 뵈거늘, 이공이 그 욕을 당하고 죽지 아니함을 노하여 베고자 하다가 그 죽기를 무릅쓰고 도망하여 본국으로 돌아옴을 불쌍히 여겨, 장계사狀啓使를 따라 경사에 보내어, 왜국 사정을 보고하게 하였더니, 조정에서 그 죄를 사하고 이공의 군중軍中으로 다시 보낸지라. 이때에 남중南中에서 군사를 쓴 지 두 해에 오히려 왜적의 정상과 왜인의 기계를 알지 못하더니, 만춘을 얻으매, 이공이 즉시 군관의 직임을 주니, 만춘이 감격하여 계교를 찬조한 바가 많으며, 매양 싸움에 활을 쏘아 백발백중함으로 적병이 다 두려워하더라.

─ ≪제만춘전諸萬春傳≫

마하수馬河水는 선공감 주부繕工監主簿 벼슬을 살다가 시골로 물러나 있
더니, 정유년(1597)에 온 집안이 배 한 척에 몸을 싣고 바다에서 피란
생활을 하다가, 이순신이 통제사에 다시 임명되었다는 말을 듣고 기뻐
가로되, "우리가 무슨 걱정할 것이 있으리오?" 하고, 드디어 가서 배알
하니라. 명량 전투 때 멀리서 이순신이 왜적에게 포위된 것을 보자 칼
을 뽑아 들고 "대장부가 한 번 죽을 곳이라" 하고 칼을 휘두르며 적진
으로 돌입하더니 힘을 다해 싸운 지 한참 만에 적탄에 맞아 죽고, 그
아들 성룡成龍, 위룡爲龍이 또한 칼을 잡고 돌진한지라. 얼마 지나지 않
아 적이 패주하매 아버지의 시신을 안고 향리로 돌아오니라.

─ 마씨행장馬氏行狀

아산현牙山縣 동남 20리에 방화산芳華山이 있고, 산 아래에 백암촌白巖
村이 있고, 그 마을에 아직도 이충무의 옛집이 있는데, 집 옆에 은행
나무 두 그루가 서 있어서, 높은 가지는 구름까지 닿을 듯하고 그늘이
몇 무畝를 미치었으니, 이곳은 이충무가 소시적에 말을 달리고 활쏘기

를 익히던 곳이라.

— ≪아산현지牙山縣志≫

거제부巨濟府에 용사龍沙란 곳이 있는데, 이충무가 일찍이 이곳에서 철을 채취하여 칼을 만들매, 몹시 강하고 예리하더라.

— ≪거제부지巨濟府志≫

삼천포三千浦 앞에 한 바다 어귀가 있는데, 이충무가 일찌기 왜적을 몰아 항구에 밀어 넣고 입구를 막으매, 왜적이 세력이 크게 궁진하여 산을 뚫어 길을 내고 야음을 타서 달아날 새, 서로 밟고 서로 찔러 죽여 시체가 산더미처럼 쌓였고, 칼과 창, 그리고 기기器機가 수도 없이 흩어진지라, 후인들이 그 땅을 굴량掘梁이라고 부르더라. 위와 같음 좌수영 앞바다 무슬항無膝項은 이충무가 대승한 곳이라. 밭 가는 사람이 왕왕 그 터에서 왜검 왜창 총환 등속을 많이 주었더라.

— ≪호남기문湖南記聞≫

고금도古今島의 전면은 해남도海南島요, 후면은 우장곶佑將串이라. 이공이 이 섬을 진무鎭武할새, 기를 우장곶에 벌여 세워서 허장성세하고, 법

남도法南島에 풀을 쌓아 양식을 쌓고 군사를 둔친 형상을 하였더니, 도적이 외양에서 바라보고 엄습코자 하여 급히 몰아 들어오다가 암초에서 배가 걸려 진퇴 간 낭패가 된지라, 우리 군사가 맞아 쳐서 크게 파하니라.

－≪강진현지康津縣志≫

명량鳴梁은 우수영에서 3리三里 되는 땅에 있는데, 양편에 석산이 깎은 듯하게 섰으며, 항구가 심히 좁아서 수세가 험한지라, 이공이 철사를 매어 그 어구를 막았더니, 왜적의 배가 이에 이르러 걸리어 없어지는 자부지기수라. 좌우 언덕 바위 위에 못 박았던 구멍이 지금까지 완연한데 그곳 사는 사람들이 이르기를, "이는 이충무공이 철사를 매어 왜선을 침몰하던 곳이라" 하더라.

－≪해남현지海南縣志≫

한산도閑山島에 한 항구가 있는데, 이공이 왜적을 쳐서 이 항구로 들어오매, 왜적이 크게 패하여 육지로 도망하여 올라가는 것이 개미와 같은 고로 그 후 사람이 이것을 개미목이라 이름하니라.

－≪거제부지≫

이공이 하루는 밤에 왜적과 대진對陣하여 풀을 베어 떼를 많이 매고, 세 가지 되게 햇불을 만들어 벌여 세우고, 도적의 진을 향하여 충돌하는 모양을 보이니, 왜적이 이것을 전선으로 알고 극력하여 총을 놓고 활을 쏘기를 오래 하여, 그 살과 탄환이 다하기를 기다려 비로소 나아가 쳐서 크게 파하더라.

— ≪호남기문≫

이하 세 가지는 황당한 이야기에 가깝지만, 선유先儒의 문집 가운데 왕왕 실려 있는 바이기에 이에 적어둔다.

하루는 이공이 배 가운데 있더니 홀연 색깔이 찬란한 궤 한 개가 물에 떠서 내려오거늘, 군사가 건져서 본즉 금으로 자물쇠를 하여 잠기었는지라, 제장이 이공께 열어 보기를 청한데, 공이 허락지 아니하고 톱을 들이라 하여 그 궤를 켜라 하니, 궤 속에서 요동하며 부르짖는 소리가 나며 피가 흐르더니 궤를 다 켜서 쪼개어 놓고 보니, 일개 자객이 비수를 가지고 허리가 끊어져 죽은 지라, 제장이 일제히 놀라 탄복하더라.

하루는 월색이 조용한 밤에 홀연 섬 가에 있는 수풀 곁에서 오리 떼가 놀라서 날거늘, 이공이 배 가운데서 자다가 베개를 밀치고 일어나서 군중에 영을 내려 물에 대고 총과 활을 어지러이 쏘았더니, 밝은 날에 보니 허다한 왜적의 시체가 물에 떠내려 오는지라. 제장이 이상히 여겨 그 연고를 물으니, 이공이 가로되, "옛글에 '달은 검은데 기러기가 높이 나니 오랑캐가 밤에 도망한다' 하였으니, 밤중에 자는 오리가 어찌 연고 없이 놀라서 난리요? 이는 반드시 왜병의 헤엄질 잘 하는 자가 와서 우리 배 밑을 뚫어 침몰케 하고자 함인 줄을 알고 총을 놓으라 함이로라" 하더라.

- ≪해이서解頤書≫

김대인金大仁은 촌 백성이라 용력이 절륜하나, 겁이 많음으로 북소리만 들으면 먼저 떨기부터 하여, 한 걸음을 나아가지 못하는지라. 이공이 그 사람을 휘하에 두었다가 하루는 홀연 어둔 밤에 대인을 불러 가로되,

"너는 나의 뒤를 따르라!"

하고, 다만 두 사람이 앞에 서고 뒤에 서서 산부리 수풀 속으로 가더니, 별안간 나무 사이로 불빛이 비취거늘, 그 불빛을 따라 그곳에 이른즉 두어 길 되는 떨어진 언덕 밑에 평지에서 수십 명 왜적이 밥을 짓는지라. 이공이 대인의 손을 잡고, 내려다보며 귀에 대고 일어 가

로되,

"너는 힘을 한 번 써서 저것을 진멸함이 어떠하뇨?"

대인이 떨며 대답하여 가로되,

"할 수 없나이다."

공이 가로되,

"네 만일 이것을 못할 터이면 죽는 것이 옳다."

하고, 발로 차서 언덕 아래에 떨어트리니, 왜병이 놀라 일제히 둘러싸는지라. 김대인이 이 지경에 이르매, 달아날 길도 없고 죽기가 박두한지라, 별안간 담력이 크게 발하여 주먹을 들어 왜병 1명을 쳐서 거꾸러트리고, 그 칼을 빼앗아 가지고 좌충우돌하며 소리를 벼락같이 지르고 시살厮殺하니, 그 칼이 번개같이 번득이며 그 소리는 산천이 진동하더니, 잠시간에 왜병 무리들을 다 죽이고, 김대인이 전신에 피를 묻히고 섰거늘, 이공이 뛰어 내려가 손을 잡고 웃어 가로되,

"이제 이후로는 너를 가히 쓰겠다."

하고 데리고 돌아왔더니, 그 후부터는 김대인이 도적을 만나면 바람이 일어매양 싸우매, 앞서 나아가 여러 번 공을 세운지라. 그 공을 표하여 가덕첨사加德僉使를 제수하니라.

위 한 장에 쓴 바는 비록 동린서과東鱗西瓜에 뒤져서 찾아낸 것이 정

밀하지 못하고 또 유적 이하의 이야기는 낱낱이 진실인지 알기 어려우나, 또한 근거할 데 없는 항담巷談으로 말살해 버릴 수는 없다. 그러므로 여기에 덧붙여 써둔 것이다.

혹이 묻되,

"이공의 성공한 원인은 이 여러 인재를 거두어 씀인가? 또한 이 여러 가지 기이한 계교를 써서 성공하였는가?"

가로되,

"그렇지 아니하다."

"이공의 성공한 비결을 물음에 간단히 한 구로 대답할지니 한 구가 무어냐?"

"이공의 성공함은 다만 이공이 왜적의 탄환과 화살이 비 오듯 하는 곳에 서서 피하여 가는 장사를 꾸짖어 물리치고, 하늘을 가리키며 가로되, '나의 명이 저기 있다!' 하던 말 한마디에 있다."

하노라.

나의 죽고 사는 것을 하늘께 맡기는 고로 칼날이라도 능히 밟으며, 물과 불이라도 능히 들어가며 호랑이 굴이라도 들어가나니, 만일 이 죽고 사는 한 관문을 벗어나지 못하면, 비록 신묘한 무략이 있을지라도 겁이 많아서 그 무략을 능히 행치 못할 것이요, 정예한 군대가 있을지라도 그 기운이 약하여 그 군사를 능히 지휘치 못할지라. 가시를 보고 돌부리만 대할지라도 오히려 찔릴까 겁을 내고 부딪칠까 염려하거든, 하물며 비 오듯 하는 철환이며 한 주먹과 한 발길을 대하여도 오히려 겁을 내거든, 하물며 구름 모이듯 하는 대적을 어찌 두려워 아니하리요. 오호라! 영웅을 배우는 자는 불가불이 죽고 사는 관계를 능히 벗어날지니라.

제19장 결론

신사씨新史氏[81] 가로되,

"내가 이순신전을 보다가 주먹으로 책상을 치고, 크게 소리 지름을 깨닫지 못하였노라. 오호라! 우리 민족의 힘이 이같이 감쇠한 시대를 당하여 이공 같은 자가 있었으니, 어찌 가히 놀랄 바가 아니며, 우리 조정 정치가 이같이 부패한 시대를 당하여 이공 같은 자가 있었으니, 어찌 또한 가히 놀랄 바가 아니리요. 인민이 전쟁을 경력치 못하여 북소리만 들으면 놀라서 숨는 이런 시대에 이공 같은 자가 있었으니, 어찌 가히 기이할 바가 아니며, 조정 신료들이 당파의 나뉨으로 사사로이 싸우는 데는 용맹이 대단하나, 나라 싸움에는 겁이 많은 이 시대를 당하여 이공 같은 자가 있었으니, 어찌 또한 이상치 않으며, 대가大駕는 의주로 파천播遷하시매, 인심이 이산한 끝에 이공 같은 자가 있었으

---

81) 신사씨(新史氏): 신채호 본인을 가리킴.

니, 어찌 가히 우리로 하여금 흠선欽羨할 바가 아니며, 일본이 바야흐로 강하여 우리 약한 것을 업수이 여기고, 그 교만하고 완만頑慢함이 비할 데 없는 이때에 이공 같은 자가 났으니, 어찌 가히 쾌할 바가 아니리요.

이왕 삼국 시절에 우리 국민의 세력이 방장하던 때에 공이 있었거나, 본조 태종조와 세종조의 치화治化가 융흥할 시절에 공이 있었거나, 백성이 부유하고 나라가 흥왕하며, 우리는 강하고 대적은 약할 시절에 공이 있었다면 오히려 마땅히 그러할 일이라 하려니와, 이제 이같이 결단이 난 시절에 공이 있었으니, 어찌 가히 놀라고 기이하며 이상하고 쾌하지 아니할 바이리요? 먼저도 아니 오며 후에도 아니 오고, 정히 이 시대에 와서 우리 민족을 살리고, 우리 역사를 빛내었으니, 장하다! 이공이여, 성하다! 이공이여."

내 일찍 내외국간 고금 인물을 들어 이공과 비교하여 보니, 강감찬姜邯贊이 판탕한 때에 나서 대란을 평정함이 공과 같으나, 그 적은 군사로 많은 대적을 쳐서 이기는 신통한 모략은 공만 못하며, 정지鄭地가 수전을 잘하여 왜적을 소탕함이 공과 같으나, 그 나라를 위하여 몸을 바치는 열성은 공만 못하고, 제갈량의 국궁진췌鞠躬盡瘁[82]하던 정충精忠대절이 공과 같으나, 수십 년 한漢나라 정승으로 있어서 한 나라 권리를 다 장악에 쥐었건마는 옛 도읍을 회복치 못하였으니 그 성공함은 공만 못하며, 한니발의 싸워 이기고 공격해 취한 웅대한 재주가 공과 같으나, 말로에 제 나라 사람들에게 용납 받지 못하여 이역으로 쫓겨나 죽었으니 그 인심을 얻음이 공만 못하니라. 그런즉 이충무공은 필경 누구와 같다 할까? 근년에 선비들이 혹 영국 수군 제독 넬슨 씨를 이충무공과 짝을 지워 가로되, '고금 수군에는 동서에도 영웅뿐이라' 하나니 그러한가? 그렇지 아니한가? 과연 누가 낫고 누가 못한 것을 비교하여 한 번 평론코자 하노라.

대개 이충무공의 역사가 넬슨 씨와 같은 것이 많으니, 다만 그 수전하는데 좋은 수단만 같을 뿐 아니라 세세한 일까지도 같은 것이 많으니, 초년에 이름을 아는 자 없던 것이 같으며, 구구한 미관말직으로 여러 해 침체한 것이 같으며, 수군명장으로 제1차 성공은 육전으로 시작한 것이 같으며, 1차 육전을 한 후에는 수전으로 그 생애를 삼아 다시 육지에 오르지 못함도 같으며, 여름 더울 때에 전장에서 더위병을 얻어 위태하게 지냄도 같으며, 탄환에 여러 번 맞고도 죽지 아니함이 같으며, 필경에는 도적의 군함을 다 쳐서 함몰한 후에 승전고를 울

---

82) 국궁진췌(鞠躬盡瘁): 공경하고 조심하며 몸과 마음을 다하여 힘씀.

리고 개가를 부를 때에 탄환을 맞고 죽음도 같으며, 임금을 사랑하고 나라를 근심하는 열성도 같으며, 맹세코 도적과 함께 살지 않으려 하는 열심도 같으며, 그 대적하던 적병의 강한함도 같으며, 그 전쟁의 오래됨도 같으니, 이충무공과 넬슨을 서로 같다 함이 과연 가할진저.

저 비록 그러하나 그때에 영국 형세가 우리나라 임진년 시절과 비교하면 어떠하며, 그때에 영국군사의 힘이 우리나라 임진년 시절과 비교하면 어떠하며, 영국에 군사를 거느린 장수의 권리가 우리나라 임진년 시절과 어떠하며, 영국의 전쟁하고 보수하는 능력이 우리나라 임진년 시절과 어떠하였는가?

저희는 몇 백 년을 열강국과 경쟁하던 끝이라, 이에 습숙하고 이에 연구하여 인민이 대적을 미워하는 사상이 넉넉하여, 사람마다 대적을 대하매 뒤로 물러감을 부끄러워함으로 영웅이 이를 쓰기가 쉽고, 중앙 금고에 몇 억 만 방 재정이 있어 군비가 결핍치 아니하며, 기계 공창에서는 몇 백 좌 대포를 제조하여 군용을 계속 부절하고, 각대 병졸들은 편히 앉아서 죽는 것을 즐기지 아니하고 모두 한 번 싸우기를 원하며, 각 항구에 있는 큰배들은 값은 못 받아도 전장에 한 번 시험하여 쓰기를 기다리며, 조정에서는 힘껏 노력하여 군비의 적용을 응하며, 전국 인민은 침식을 전폐하고 군중에서 승첩한 소식이 오기를 기도하니, 그런즉 넬슨은 아무 깊은 꾀와 멀리 근심함이 없고, 다만 뱃머리에 높이 앉아 휘파람이나 불고 있을 지라도 넬슨의 성공은 쉬우려니와, 이공은 이와 같지 아니하여 군량이 이같이 탕갈蕩竭하니, 이것을 준비치 않으면 누가 준비하며, 기계가 이렇게 둔하니 이것을 제조치 않으면 누가 제조하며, 군사는 이렇게 조잔凋殘하니 이것을 모집하지 아니면 누가 모집하며, 선척의 운행함이 이렇게 질둔質鈍하니 이것을 개량치 않으면 누가 개량하리요?

그런고로 한편에서 전쟁하며, 한편으로 둔전을 설비하여 군량을 저축하고, 철을 캐어 병기를 만들며, 배를 짓는데 골몰하여 틈 없는 중에도 오히려 한편에는 동료되는 원균 같은 자의 시기함을 당하며 한편으로 조정에 제신의 참소함을 입었으니, 나는 생각건대 넬슨이 만일 대적이 나라를 이미 파한 때를 당하여, 이공과 이같이 이 여러 가지 곤란을 당하였으면, 능히 성공하였을는지 이는 단언키 어려운 문제라 하려니와 마지막에 원균이 큰일을 낭패하여 6, 7년을 노심초사하여 교련한 날랜 장수와 건장한 군사이며, 군량과 선척을 모두 화염 중에 모두 쓸어 넣은 후에 초초한 10여 척 되는 잔피한 배와 1백60인의 새로 모집한 군사로 휘원輝元과 수가秀家와 행장行長과 청정淸正 등을 만나서 바다를 덮어오는 수천 척의 적선으로 더불어 서로 싸우려할

새, 개연히 조정에서 쾌히 말하여 가로되

"내가 있으면 적선이 비록 많으나 우리나라를 감히 바로 보지 못하리라!" 하고, 바다를 향하여 한 번 부르매, 고기와 용이 위엄을 도우며 하늘과 해가 빛을 잃고, 참담한 도적의 피로 바닷물을 붉게 한 것은 오직 이 충무공뿐이요, 오직 이충무공뿐이라. 이충무공 외에는 고금에 허다한 명장을 모두 열거할지라도 이 일을 능히 당할 자가 실로 없으리로다.

오호라! 저 넬슨이 비록 무예가 있으나 만일 오늘날 20세기에 군함 기계로 해상에서 이공과 서로 대적할진대, 필경 어린애와 같을진저. 그러나 지금 볼진대, 세계에서 수군에 제일 수단을 말하는 자는 모두 넬슨을 먼저 꼽아서 이르며, 영웅을 숭배하는 자는 반드시 넬슨의 상像을 가리키며, ≪사기≫를 외우는 자는 반드시 넬슨전을 먼저 말하며, 또 군인의 자격을 양성코자 하는 자는 반드시 넬슨의 이름을 외우며, 넬슨의 자취를 사모하여, 생전에는 영국 한 나라에 넬슨이 죽은 후에는 만국에 넬슨이 되었으며, 생전에는 구라파 한 곳에 넬슨이 사후에는 6대주에 넬슨이 되었으되, 이충무공은 중국 역사에 그 싸우던 일을 약간 기록하였으며, 일본에서 그 위엄을 두려워할 뿐이며, 그 외에는 본국 초동목수의 노래하는데 오를 뿐이오. 세계에 전파될 만한 역사는 철갑선을 창조한 한 구절에 지나지 못하니, 오호라! 영웅의 명예는 항상 그 나라의 세력을 따라서 높고 낮음이로다.

대저 수군의 제일 유명한 사람이 있고 철갑선을 창조한 나라로 오늘날에 이르러 저 해군의 가장 장한 나라와 비교하기는 고사하고, 필경 나라라는 명색조차 없어질 지경에 빠졌으니, 나는 저 몇 백 년 이래에 백성의 기운을 꺾으며, 백성의 지식을 막고 문치의 사상을 주던 비루한 정치객의 여독을 생각하매, 한이 바닷물과 같이 깊도다.

이에 이순신전을 지어 고통에 빠진 우리 국민에게 전파하노니, 무릇 우리 선남신녀善男信女는 이것을 모범으로 하고, 이것을 좇아 어려운 난국을 평탄케 하며, 어려운 관문을 통과할지어다. 하느님께서 20세기의 태평양을 장엄케 하고 둘째 이순신을 기다리느니라.

『대한매일신보』 국문판, 1908

작가 연보

신채호(1880~1936)

독립운동가, 사학자, 언론인.

1880년 12월 8일 충남 대덕(현 대전 중구)에서 출생.

1898년 구한말 관료 신기선의 추천으로 성균관에 입학.

1905년 성균관 박사가 되었으나 그 해 을사조약이 체결되자 관직을 포기.

1907년 대한매일신보의 주필로 초빙. 신민회 가입, 국채보상운동 참가.

1910년 신민회 동지들과 중국 칭다오로 망명.

1911년 권업회를 조직. 권업회의 주필로 활동.

1919년 임시정부 수립에 참가. 전원위원회 위원장 등 역임.

1927년 중국 텐진에서 무정부동맹동방연맹 조선대표로 참가.

1929년 조선총독부 경찰에 체포. 뤼순 감옥에 수감.

1936년 2월 21일 뤼순 감옥에서 옥중 사망.